KB008480

로크미디어가
유혹하는
재미있는 세상

로또부터 장군까지 2권

2023년 6월 20일 초판 1쇄 인쇄
2023년 6월 23일 초판 1쇄 발행

지은이 게르만
발행인 강준규

기획 이기헌 왕소현 임동관 박경무 강민구 조익현
책임편집 오영란
마케팅지원 이원선

발행처 (주)로크미디어
출판등록 2003년 3월 24일
주소 서울시 마포구 마포대로 45 일진빌딩 6층
Tel (02)3273-5135 **Fax** (02)3273-5134
홈페이지 rokmedia.com **E-mail** rokmedia@empas.com

ⓒ 게르만, 2023

값 9,000원

ISBN 979-11-408-1200-4 (2권)
ISBN 979-11-408-1132-8 04810 (세트)

이 책의 모든 내용에 대한 편집권은 저자와의 계약에 의해
(주)로크미디어에 있으므로 무단 복제, 수정, 배포 행위를 금합니다.

작가와의 협의에 의해 인지는 생략합니다.
잘못된 책은 구입처에서 바꾸어 드립니다.

ROK
MEDIA
로크미디어

로판부터
장군까지

게르만 현대 판타지 장편소설 **2**

CONTENTS

Chapter 1

박태록과 이야기를 마친 대한은 그다음 순번인 이영훈을 만나기 위해 중대장실에서 그를 기다렸다.

　얼마 뒤, 노크도 없이 중대장실의 문이 열렸다.

　이영훈이었다.

　"충성!"

　대한은 잽싸게 일어나 경례했다.

　그런데 이영훈의 표정이 별로 안 좋다.

　뭐지? 일이 꼬인 건가?

　이영훈이 대충 경례를 받아 주며 자리에 앉자 대한도 덩달아 심각한 표정으로 그를 주시했다.

　"후……."

긴 한숨.

왜 저러는 거야?

뭔데? 설마 다 거절된 건가?

이영훈은 대대장에게 다녀오는 길이었는데 대한과 토의한 여러 건들에 대한 결재를 받기 위함이었다.

이어지는 침묵에 대한이 먼저 어렵사리 입을 열었다.

"저…… 중대장님? 혹시 대대장님께서 전부 반려하신 겁니까?"

"하……."

대답 대신 나오는 한숨.

그 반응에 대한도 눈을 감았다.

박희재 그 양반은 곧 전역도 할 양반이 왜 이렇게 깐깐한 거야?

괜히 내기에서 이겨 줬나?

험악한 분위기가 지속될수록 대한은 박희재가 밉게 느껴졌다.

그때였다.

"당연히 하라고 하시지, 인마! 좋은 생각이라고 칭찬까지 듣고 왔다."

"……예?"

"크큭, 장난친 거야. 대대장님 엄청 좋아하시더라. 요리 대회도 그렇고 녹음기 건도 그렇고."

"아, 중대장님 진짜 깜짝 놀랐잖습니까. 저는 전부 다 반려된 줄 알고 얼마나 긴장했는지 아십니까?"

"이 좋은 아이디어들을 반려하긴 왜 반려하나?"

어휴, 망할 놈 같으니.

정색하고 들어오길래 얼마나 쫄았는지 모른다.

그래도 모두 긍정적인 반응을 보였다니 다행이었다.

'그래, 안 그래도 이상하게 생각하긴 했다. 애초에 이것들은 반려될 수가 없는 것들인데 왜 그러나 싶었지.'

그러니 좀 전에 했던 원망들은 취소.

이영훈이 말했다.

"그나저나, 녹음기 건은 어떻게 됐어?"

"퀵으로 받아서 재우한테 전달해 뒀습니다."

"빠르네. 퀵비는 얼마나 나왔냐?"

"얼마 안 나왔습니다. 괜찮습니다."

"그렇다면야, 뭐…… 근데 아까 보니까 행정반에 있는 것 같던데 거긴 왜 갔냐?"

"내무 사열 때문에 보급관한테 미리 귀띔 준다고 행정반에 갔습니다. 혹시라도 내무 사열 중에 녹음기 관련해서 큰소리가 나오면 여러모로 곤란해지지 않겠습니까?"

"녹음기에 대해 말한 거야?"

"녹음기는 일부러 언급 안 했습니다. 그냥 이번에만 좀 가만히 놔둬 달라고 했습니다. 대신 주진이랑 재우 건에 대한 이야기는 해 줬습니다."

"잘했네. 안 그래도 내가 말하려고 했던 것들인데 역시 1소대장이야. 그래서, 보급관 반응은 어떻든?"

"눈치가 좋으셔서 대번에 협조해 주신다고 하셨습니다. 그리고 곽주진에 대한 만행을 듣더니 바로 휴가부터 회수하기 시작했습니다."

"하긴 그놈 그거 보급관 통해서 휴가 참 많이 타 갔지. 다들 손발이 맞아서 참 다행이네."

"저도 그렇게 생각합니다. 그보다 중대장님."

"왜?"

"저…… 드릴 말씀이 있습니다."

대한의 진지한 목소리에 이영훈이 짐짓 긴장하기 시작했다.

"뭔데? 뭐기에 그렇게 목소리를 깔아? 나 불안해, 1소대장?"

"그게…… 다름이 아니고 저번 주말에 단장님께서 제게 특별 지시를 내리신 것이 하나 있습니다."

"특별 지시?"

"예, 그렇습니다. 단장님께서 이번 동원 훈련 때 저더러 지뢰 교관을 맡아서 해 보라고 하셨습니다."

"지뢰 교관을? 보조가 아니고?"

"예, 그렇습니다."

"하……."

그 말에 이영훈이 땅이 꺼져라 한숨을 내쉬더니 두 손가락으로 미간을 어루만지기 시작했다.

"아니, 그분은 또 왜 그러시는 거야…… 상식적으로 이제 전입 온 지 얼마 안 된 소위한테 누가 그런 걸 시켜?"

"죄송합니다."

"아니, 네가 죄송할 건 없는데…… 하, 아무래도 저번 사열 때 네가 너무 잘해서 그런 것 같다. 이번 훈련은 단 빼고 우리 대대만 하잖아?"

"그렇습니다."

"안 봐도 뻔해. 저번에도 잘했으니 이번에도 한번 잘해 보라는 게 표면적인 명목이겠지만…… 실상은 실수 유도일 거야. 왜 그런 건지는 너도 알지?"

알다마다.

그래서 더더욱 실수할 생각이 없었다.

"하, 그나저나 미치겠네. 이제 와서 갑자기 교관 같은 걸 하라고 하면 교육은 또 언제 시켜? 당장 내일이 훈련인데."

사실 이건 문제가 맞긴 했다. 교관을 맡기엔 교육할 시간도 공부할 시간도 터무니없을 만큼 적었으니까.

"아닙니다. 교육 안 해 주셔도 됩니다. 혹시 몰라서 주말 간 공부를 좀 해 뒀습니다."

"공부를 했다고?"

"예, 그렇습니다. 그래도 걱정되시겠지만 최대한 실수 안 하도록 열심히 하겠습니다."

생각지도 못 한 반응.

그 말에 이영훈은 갑자기 우는 시늉을 해 보였다.

"크흐, 대한아. 내가 요즘 기분이 좋다. 너도 그렇고 보급관도 그렇고 내 군 생활이 딱 요즘만 같으면 얼마나 좋을까 싶을 정도로."

"과찬이십니다."

"과찬은 무슨, 넌 진짜 내가 본 애들 중에 역대급 인재야."

하긴.

부하 놈들도 센스 넘치고 부사관들도 알아서 부대 관리 해 주니 당연히 살맛 날 수밖에.

그래서일까? 맨날 짜증만 내던 양반이 저렇게 행복해하니까 대한도 괜히 기분이 좋아졌다.

"그럼 중대장님, 전 창고에 볼일이 있어서 먼저 일어나 보도록 하겠습니다."

"그래그래, 고생하고. 오늘은 딱히 급한 일도 없으니까 천천히 하다가 내려와. 근데 너, 진짜 내가 따로 안 도와줘도 돼? 잘할 수 있어?"

"물론입니다. 충성!"

"그래, 너만 믿는다."

이영훈이 기분 좋게 경례를 받아 주자 대한도 가벼운 발걸음으로 중대장실을 나설 수 있었다.

✳

　얼마 뒤, 대한은 한창 작업이 진행 중인 중대 창고에 도착할 수 있었다.

　그런데 분명 창고 정리 중일 텐데 왜 창고 문이 닫혀 있는 거지?

　이상함을 느낀 대한이 문을 활짝 열자 그 사이로 먼지가 쏟아져 나왔고 쏟아지는 햇볕 사이로 땀 흘리고 있는 소대원들이 보였다.

　대한이 소매로 호흡기를 막으며 말했다.

　"뭐야? 창고 정리하면서 문은 왜 닫고 있냐?"

　그 말에 어둠 속에서 누군가 모습을 드러냈다.

　곽주진이었다.

　"아, 소대장님 오셨습니까."

　"창고 정리하는데 앞도 안 보이게 문은 왜 닫고 해? 그리고 문 닫고 하면 환기는 어떻게 시키고?"

　"에이, 소대장님. 원래 짬찌들은 흙먼지 먹어 가면서 크는 겁니다. 그리고 제가 피부가 좀 예민해서 일부러 햇빛 안 맞으려고 문 닫고 있었습니다. 자외선 모르십니까?"

　자외선?

　군대에서 자외선?

　대한은 순간 자기도 모르게 욕설을 날릴 뻔했으나 가까스로 인내했다.

"⋯⋯넌 그늘에 있었잖아, 근데 무슨 자외선?"

"하핫, 그래도 조심하는 게 좋지 않겠습니까."

할 말이 없다.

대한은 속으로 한숨을 내쉬며 소대원들을 보았다.

다들 끊임없이 움직이며 땀을 흘리고 있었지만 눈에는 초점들이 없었다.

그럴 만도 했다.

가뜩이나 더운데 환기도 안 되게 문을 닫고 작업하고 있으니저럴 수밖에.

대한이 열린 문을 고정하며 말했다.

"그래도 문은 열고 작업하는 게 좋겠다."

"아, 소대장님! 저 자외선 맞으면 안 됩니다."

"자외선이고 나발이고 어둠 속에서 작업하다 안전사고 나면네가 책임질래?"

"아, 겨우 이런 걸로 사고 안 납니다. 진짜 괜찮습니다."

"훈련 전에는 좀 사리자."

"아, 안 되는데⋯⋯."

훈련 전이라는 말에 곽주진이 마지못해 져 주는 척 목소리를줄인다. 대신 담배를 꺼내며 말했다.

"그나저나 어디 갔다 오셨습니까? 저희가 애들 다 통제했지말입니다."

어디 갔다 오긴.

너 족치려고 빌드업 하고 왔지.

대한은 그 말이 목구멍까지 차올랐지만 땀 흘리는 황재우를 보며 다시 한번 참았다. 그래서 못 들은 척 화제를 돌렸다.

"거의 끝나가지?"

"네, 뭐. 행보관님이 항상 창고 정리를 잘해 두셔서 별로 할 것도 없습니다."

"그것도 그거지만 애들이 빡세게 해서 그런 것 같은데?"

"에이, 소대장님. 이런 건 빡센 축에도 못 낍니다. 저 일병 때는 창고 물건 밖으로 다 빼서 먼지 닦은 다음 다시 넣고 그랬습니다. 안 그러냐, 태현아?"

"뭐…… 그땐 좀 빡세긴 했지."

"그치? 근데 이 새끼들 힘들다고 찡찡대는 거 보고 있으면 가관이라니까? 하, 그때 전역한 새끼들 지금쯤 뭐 하려나, 밖에서 보면 아갈통을 갈겨야 하는데. 야, 담배나 한 대 피우자."

"……여기서?"

"그럼 어디서 피워? 밖에 개더운데."

그 말에 박태현은 자동적으로 대한의 눈치를 봤다.

허허, 미친 놈. 창고 안에서 담배를 태워?

아무리 참으려고 해도 이건 아니었다.

대한이 뭐라고 하려던 찰나였다.

"나가서 피워라."

어둠 속에서 들려오는 묵직한 목소리.

쌓인 포대 자루 위에서 들려온 목소리는 다름 아닌 전우찬 병장이었다.

그 말에 곽주진이 입에 문 담배를 다시 손에 걸며 한숨을 내쉬었다.

"전 뱀. 밖에 개덥습니다. 여기서 한 대만 피겠습니다."

"나가서 피라고 했다."

"아, 전 뱀."

그때였다.

누워 있던 전우찬이 상체를 일으킨 건. 반쯤 몸을 일으킨 전우찬이 비스듬한 자세로 곽주진을 노려보며 말했다.

"나가서 피워라, 두 번 말했다."

그 말에 곽주진이 한숨을 쉬며 담배를 담뱃갑에 집어넣었다.

"아, 진짜 말년에 왜 그러십니까? 그냥 누워서 쉬십쇼."

그 모습에 전우찬은 그제야 다시 드러누웠다.

"네가 왕고 되면 그때 네 맘대로 해라."

"하…… 굳이 왜 따라와서 사람 불편하게 하는지 모르겠네. 야, 태현아. 그냥 나가서 피우자. 소대장님, 나가서 한 대 피우시죠."

바로 꼬리를 내리는 곽주진의 모습.

어라? 이건 또 몰랐네?

곽주진도 눈치를 보는 사람이 있었을 줄이야.

그래서일까? 내심 아쉬웠다.

곽주진이 조금만 더 개겼어도 왠지 재밌는 구경을 할 수 있었을 것 같다는 생각이 들었기 때문이다.

대한은 담배는 안 피웠지만 전우찬 건이 궁금하여 곽주진과 박태현을 따라 바깥 그늘로 나왔다.

창고 옆 그늘로 온 곽주진이 담배에 불을 붙이며 말했다.

"하, 시발. 맨날 담배 가지고 지랄이야. 저럴 거면 그냥 생활관에 쳐 있지 왜 굳이 기어 나와서 사람 귀찮게 해?"

"행보관님이 병장들도 다 나가라고 하셨는데 뭐 어쩌겠냐. 그리고 우찬이 형 성격 알잖아?"

그 말에 대한이 질문했다.

"우찬이가 어떤데?"

"전우찬 병장님…… 지금이야 항상 나른해 보이시지만 이빨 빠지기 전에는 어마어마했습니다."

박태현의 대답에 곽주진이 급히 담배 연기를 뿜으며 한마디 거들었다.

"맞습니다. 갈구고 뭐 그런 사람이 아닙니다. 맘에 안 들면 바로 주먹부터 날리던 게 전 뱀입니다. 진짜 전 뱀이 실세였을 때는 뺨 맞는 게 다행일 정도였고 수틀리면 그날은 그냥 종합격투기 열리는 날이었습니다."

"그래? 의외네. 난 항상 졸린 모습밖에 못 봐서."

"그건 행보관님도 더 이상 커버 못 쳐 준다고 하셔서 조용히 지내는 겁니다. 행보관님 지시 아니었음 아까 전에 저희 뒈지게 맞았을 겁니다."

"그래?"

근데 맞는 건 너만 맞지 왜 은근슬쩍 저희로 묶는 거지?

그나저나 뭔가 좀 이상했다.

대한이 알기로 곽주진의 선임들은 모두 부조리를 없애는 데 앞장섰다고 들었기 때문이다.

'뭐, 진실은 나중에 밝혀지겠지.'

지나간 과거보단 현재가 더 중요하다.

이후에도 곽주진은 자신의 군 생활이 얼마나 힘들었는지에 대해 열렬하게 토로했고 더 듣기 싫었던 대한은 적당한 선에서 말허리를 잘랐다.

"그래그래, 고생 많았겠네. 근데 너 말하는 거만 들어 보면 참 군대 체질인데, 전문하사 해 볼 생각 없냐?"

그 말에 곽주진이 어이없다는 표정으로 대답했다.

"태현이도 전문하사 이야기하던데 그게 병장한테 할 소립니까? 절대 안 합니다. 전 바로 나갈 겁니다."

"그래? 그래도 생각 바뀌면 말해. 언제든 자리 만들어 줄 테니까."

"아, 진짜 말도 안 되는 말씀하지 마십쇼."

곽주진의 정색에 대한이 조용히 미소 짓는다.

"흠, 어디 보자. 내일 훈련인데 평가관으로 누가 오더라……."

이번 동원 훈련은 단을 제외하고 대대에서만 진행한다. 그래서 단은 신경 쓸 것도 없고 몹시 한가한 편.

그래서 이원영에겐 이번 동원 훈련이 기회였다.

대대만 훈련이 진행되는 현재 상황에서 만약 대대에 대한 좋지 못한 평가가 나오면 박희재에게 꼽을 줄 수 있었으니까.

'내기 그렇게 지고는 절대로 못 넘어가지.'

심지어 주말 간 대한에게 지뢰 교관직을 맡기며 나름의 보험도 깔아 둔 상황.

이원영은 서류를 살피며 평가관의 이름을 찾았다.

평가관이라고 해 봤자 자기보다 아랫사람이 올 테니 이번 훈련은 특별히 좀 더 꼼꼼하게 봐달라고 부탁할 참이었기 때문이다.

그런데…….

'음? 이 녀석이 오네?'

권민철 중령.

육사 출신의 후배였으며 계급은 중령으로 이번 평가관 자리가 전역 전 마지막 보직으로 있는 녀석이었다.

권민철의 이름을 확인한 이원영이 씩 웃었다.

'이 녀석이라면 따로 언질 안 해도 되겠군.'

권민철은 후배긴 하지만 참 유별난 놈이었다.

좋게 말하면 군인 정신이 투철한 놈이고 나쁘게 말하면 사회생활을 할 줄 모르는 놈이었으니까.

쉽게 말해, 상사에게 아부할 줄 모르며 후배들에겐 부당한 지시도 하지 않고 잘 챙겨 주는 편.

그래서 하급자들에겐 인기가 많지만 군대가 어디 부하들에게 인기 많다고 진급이 잘되던가?

그러나 뭐가 됐든 성격만큼이나 일 하나는 기똥차게 해내는 녀석.

이원영이 기분 좋게 웃는다.

✳

다음 날.

동원 훈련이 시작됨에 따라 이른 아침부터 예비군들이 부대로 입소하기 시작했다.

대한은 미리 지시받은 대로 예비군들 통제를 위해 막사 정문에서 대기했고 그 옆으로 소대원들이 도열했다.

대한의 옆에 선 박태현이 말했다.

"그래도 작년보다는 좀 조용한 것 같습니다."

"태현아, 그런 말 하면 바빠지는 거 모르냐. 함부로 플래그 세우지 마라."

"해치웠나?"

"이 자식이 플래그 세우지 말라니까……."

그때였다.

와아아아아앙!

박태현의 말이 끝나기가 무섭게 웬 스포츠카 한 대가 굉음을 내며 연병장으로 진입했다.

근데 저거 스포츠카가 맞나?

튜닝을 얼마나 했는지 무슨 차인지도 모르겠다.

이윽고 멈춰 선 튜닝카에서 사람 하나가 내렸다.

정확히는 쏟아져 내렸다는 게 맞는 표현일 것이다.

남자는 꽤나 거구였는데 거대한 덩치에 걸쳐진 개구리 전투복은 입은 건지 걸쳐진 건지 모를 정도로 작아 보였다. 또 남자의 목과 손목에는 두꺼운 금붙이들이 둘려져 있었고 걷어붙인 소매 밑으로는 깡패 특유의 이레즈미 문신들이 보였다.

차에서 내린 남자가 기지개를 켜며 말했다.

"어으, 시발거, 날씨 한번 X같이 화창하네."

그 모습에 소대원들의 표정이 어두워졌고 들릴 듯 말 듯한 작은 목소리로 한탄들이 이어졌다.

"하……."

"저 인간은 또 뭐야……."

"관상만 봐도 큰일 났네……."

모두들 남자가 누구인지 모르는 모양.

그러나 대한은 저 남자가 누군지 알고 있었다.

남자의 이름은 박정구.

대구에서 중고차 상사를 운영하며 군대를 늦게 가 이번이 첫 예비군이었다.

'아, 그러고 보니 다들 정구를 모르겠구나.'

1회차였다면 대한도 다른 소대원들처럼 짐짓 긴장하고 있었 겠지만 대한은 군 생활 2회차였다.

심지어 박정구는 1년 차와 2년 차 예비군 훈련을 모두 이곳 에서 받은 터라 두 번이나 봤다.

'인상이 워낙 강렬해서 좀처럼 잊기 힘든 사람이었지. 그래도 사람은 착해.'

사투리를 많이 쓰고 스타일이 깡패 같아서 그렇지 의외로 사 람은 착했다.

돈을 잘 벌어서 그런지 피엑스 골든벨은 물론이고, 고생한다 고 병사들한테 용돈도 주던 사람이었으니까.

이윽고 박정구가 주차를 마치고 인사계원에게 신분증을 보 이며 입소 절차를 밟았다.

배치된 곳은 1중대 1소대.

대한을 본 박정구가 누런 금니를 보이며 사람 좋게 웃어 보 였다.

"소대장님, 3일간 잘 좀 부탁드리겠습니다."

"예, 정구 씨. 저도 잘 부탁드리겠습니다."

이후에도 다양한 사람들이 배치되기 시작했다.

평소엔 좀처럼 보기 힘든 장발머리의 남자부터 덥수룩한 수염을 가진 스타일리시한 사람들까지.

그러나 다양한 외모를 가진 그들에게도 공통점은 있었다.

"선배님, 전투복 상의 잠가 주셔야 합니다."

"네가 잠가 봐라, 이게 잠가지나."

"선배님, 바지 제대로 착용해 주셔야 합니다."

"여기 고무줄 끼가 났다. 배가 나와가 안 잠기는 걸 어야노."

"선배님, 고무링 착용해 주셔야 합니다."

"에이, 그건 힙합이 아니지. 이게 힙합이다, 조교야."

……바로 군복을 제대로 입은 사람이 별로 없다는 것.

이해는 됐다.

보통 사람들은 전역과 동시에 살이 불어나기 마련이니까.

그래서 조교들만 바빠졌다.

"중대 올라가시면 전투복 여벌 있으니까 올라가면 빌려드리겠습니다."

"거참 그냥 입으면 되지. 그래도 좋아졌네. 저번에는 고무줄 하나만 달랑 주더만."

그렇게 한참 동안 복장 전쟁이 벌어지고 있을 때였다.

접수를 받는 인사계원 앞에 웬 남자가 베개를 들고 나타났다.

그 모습에 인사계원이 황당해서 물었다.

"베개는 왜 가져오신 겁니까?"

"제가 쓰려고 가지고 왔죠?"

"예?"

"저 군대 베개는 못 써요. 그 드러운 걸 제가 어떻게 씁니까. 그리고 저 두피 예민해서 그런 거 쓰면 머리에 뭐 나요. 그리고 알아보고 왔는데 이거 금지 물품은 아니잖아요?"

"그렇긴 한데……."

"그럼 그냥 넘어갑시다. 내가 병사일 때도 허락받았던 건데."

그 모습을 본 대한이 속으로 피식 웃었다.

'그래. 저런 놈도 있었지.'

일명, '베개 빌런'이라 불리는 사람.

대한은 당황하는 계원 옆으로 다가가 모른 척 물었다.

"혹시 군 생활 어디서 하셨습니까?"

"저요? 저 여기 151대대에서 했는데요?"

"아, 그러셨군요, 알겠습니다. 그럼 가실 때 베개는 꼭 잘 챙겨 가 주시면 감사하겠습니다."

"이거 비싼 거예요. 절대 안 놓고 갈 겁니다."

이윽고 베개 빌런이 지나가자 인사계원이 물었다.

"저대로 그냥 보내도 되겠습니까?"

"우리 대대 출신이라잖아, 올라가면 보급관님들이 알아서 처리해 주실 거야."

베개 빌런을 중대로 올려 보내고 얼마 뒤, 급한 작업들을 마무리 지은 이영훈이 통제를 위해 내려왔다. 그러다 자신의 옆을 지나가는 베개 빌런을 보더니 대한에게 다가와 조용히 물었다.

"대한아, 좀 전에 베개맨을 본 것 같은데 쟤 뭐냐?"

"저희 부대 전역자인데 현역 때도 베고 잤던 베개라고 합니다. 혹시 중대장님께선 아십니까?"

"난 처음 보는데?"

"그럼 보급관들 중에선 누군가 알지 않겠습니까?"

"네가 통과시킨 거야?"

"예, 그렇습니다."

"이 자식, 벌써부터 보급관들한테 짬을 때려? 잘했어. 괜히 벌집 쑤셨다간 시끄럽기만 하지. 그나저나 이번에도 좀 심상찮은 애들이 많이 보이는 것 같아서 머리가 아프려고 하네."

"쉬고 계셔도 됩니다. 특이 사항 생기면 바로 보고드리겠습니다."

"에이, 그래도 내가 중대장인데 어떻게 쉬겠냐, 같이 통제하자."

그 말과 함께 격려하듯 대한의 어깨를 한대 툭 치고는 예비군들을 살피기 시작했다.

'별일이야 있겠어?'

사실 동원 훈련 첫날에는 장교들이 별로 할 게 없었다.

첫날에는 물자 보급과 중대 편성이 주였으니까.

얼마 뒤, 예비군들을 한 차례 돌아보고 온 이영훈이 대한에게 조용히 물었다.

"대한아, 아직 작전사 평가관 안 왔지?"

"예, 아직 도착 안 하신 것 같습니다."

"대대장님 보다 후배라고 들었는데 살살해 줬으면 좋겠다."

"모르는 분이십니까?"

"엉, 나도 처음 보는 이름이야."

"그래도 열심히 준비했으니 좋은 결과를 기대해 봐도 좋을 것 같습니다."

제일 좋은 건 그냥 안 보는 거였지만.

그도 그럴 게 군대에서 평가라는 건 잘한 점을 찾는 게 아니라 못한 부분을 어떻게든 찾아내는 것에 초점을 두는 법이었으니까.

'근데 오늘 평가관이 누구였더라?'

아무리 미래에서 왔다지만 모든 걸 다 기억할 순 없는 노릇.

그래도 대대장 후배라니 마음이 좀 놓였다.

보통 평가관들 중 제일 높은 계급이 중령이나 대령인데 그들의 주된 목적은 창창한 현역 지휘관들을 교육시키는 것.

그런데 박희재는 창창한 지휘관이 아닌 이제 곧 전역할 사람. 그러니 설령 장성이 온다 해도 눈 하나 깜짝하지 않을 양반이었다.

'누군진 모르겠지만 꽤나 머리 아프겠군.'

근데 아무리 말년이라지만 슬슬 평가관 올 때가 다 됐는데 박희재 이 양반은 어디서 뭘 하는 거야?

대한이 이영훈에게 물었다.

"중대장님? 슬슬 평가관님 오실 것 같은데 아무리 후배라고 해도 대대장님께서 직접 나와 계셔야 하지 않으시겠습니까?"

"그치? 사실 나도 그렇게 생각하긴 해."

"예, 혹시 모르니 그래야 할 것 같습니다."

"그럼 내가 대대장님한테 갔다 올 테니까 혹시라도 무슨 일 있으면 바로 전화해라. 그리고 정말 만에 하나라도 혹시 그사이에 평가관님이 오시면 바로 연락하고."

"예, 알겠습니다."

대한의 씩씩한 대답에 이영훈은 그제야 마음이 놓이는지 부리나케 대대장실로 향했다.

그로부터 얼마 뒤, 병사 하나가 대한에게 말했다.

"소대장님, 차량 하나가 막사로 들어오고 있습니다."

그 말에 입구 쪽을 보니 교통 통제하는 간부가 차량에 경례를 올리고 있었다.

평가관의 차량일 게 분명했다.

'하필 떠나자마자 바로 오냐.'

말이 씨가 된다더니.

어쩔 수 없네.

그나저나 박희재 이 양반은 대체 왜 안 나오는 거야?

일부러 안 나오는 건가?

그럴 리가 없을 텐데⋯⋯.

뭐가 됐든 평가관이 왔으니 누구라도 나가 보는 수밖에.

대한은 우선 이영훈에게 문자를 넣은 뒤 말했다.

"내가 갈 테니까, 넌 중대장님한테 가서 평가관 도착했다고 말씀드려라. 아마 대대장님실로 가셨을 거다."

"예, 알겠습니다!"

대한은 빠르게 주차장으로 이동해 차량 번호부터 확인했다.

[30 육 9203]

혹시 예비군 차량과 헷갈린 게 아닐까 싶었지만 번호판을 보니 제대로 본 게 맞았다는 걸 알았다.

그때, 이영훈에게서 문자가 왔다.

대한아, 대대장님 일부러 안 나가시는 거라네. 아무래도 네가 모시고 와야겠다.

하, 이 양반 보게?

왜 안 나오나 했더니 일부러 안 나오는 거였어?

이런 경우엔 보통 두 가지다.

평가관과 사적으로 별로 사이가 좋지 않거나, 짬 중령이 짬부리는 것이거나.

소위 말해, 기 싸움 때문이라는 말.

'유치해 죽겠네, 진짜.'

어쨌거나 저쨌거나 결국엔 본인이 의전해야 하는 상황.

그래도 다행이라면 의전은 자신 있었다. 과거, 진급을 위해 꽤 많은 상급자들의 비위를 맞추며 살아왔었으니까.

대한은 차량 앞에 서서 군기가 바짝 든 모습으로 경례했다.

"충! 성!"

그러자 조수석에 앉은 누군가가 경례를 받아 주었고.

차량이 멈춰 선 직후, 대한이 잽싸게 차량 조수석을 열어 주며 말했다.

"오시느라 고생 많으셨습니다."

"어, 그래. 근데 초임 소대장인가?"

"예, 그렇습니다!"

평가관은 예정대로 권민철 중령이 왔다.

그리고 권민철은 대한이 초임 소대장인 걸 한눈에 알아봤다.

왜냐면 이 시기의 소위들은 대부분이 초임이었으니까.

"그렇군."

뒤이어 차에서 다른 평가관들이 우르르 내린다.

그런데 권민철의 표정이 별로 좋지 않다.

아무리 아랫사람을 좋아하는 권민철이라지만 이제껏 평가 다니면서 지휘관이 아닌 소위가 나온 적은 처음이었으니까.

그리고 그 표정을 본 대한은 직감했다.

왠지 이번 훈련.

잘못하면 큰일 날 수도 있겠다는 걸.

'고래 싸움에 새우등 터지게 생겼네.'

대한이 정신을 바짝 차리기 시작한다.

권민철이 좁힌 미간을 유지하며 물었다.

"……대대장님은 나오는 중이신 건가?"

역시 대한의 예상대로였다.

이래서 대대장이 나왔어야 하는 건데…….

'진짜 이원영이나 박희재나…….'

유치하기로는 도찐개찐, 용호상박이었다.

위기를 감지한 대한이 얼른 박희재를 대변하기 시작했다.

"아닙니다. 대대장님은 방에서 평가관님들 드릴 차를 준비하고 계십니다."

"그래?"

"예, 그렇습니다. 그리고 저희 대대장님이라서가 아니라 저희 대대장님께서 타 주시는 차가 특히나 맛있습니다. 그래서 평가관님 오시는 것에 맞춰서 바로 드실 수 있게 준비하고 계신다고 저를 보내신 겁니다. 혹시라도 의전에 기분이 상하셨다면 제가 대신 사과드리겠습니다."

"자네가 사과할 건 없지. 근데 차는 누가 타든 다 똑같지 않겠나? 뭐가 됐든 안내나 좀 부탁하겠네."

"예, 평가관님."

완전히 풀린 건 아니었지만 초임 소대장이 저렇게까지 말하는데 이쯤에서 짜증은 접기로 했다.

아랫사람을 아끼는 권민철 성격상 윗사람의 잘못을 아랫사람에게 푸는 걸 별로 좋아하지 않았으니까.

"이쪽으로 가시면 됩니다."

"그래."

대한은 혹시 모를 상황을 대비해 일부러 입소 풍경을 보여 주지 않기 위해 바로 막사로 권민철을 안내했다.

그 과정에서 일부러 연병장 쪽을 몸으로 가린 건 덤이었고.

덕분에 권민철은 예비군들 입소하는 모습은 조금도 보지 못한 채 대대장실 앞에 도착할 수 있었다.

평가관들이 대대장실 앞에 도착한 직후였다.

똑. 똑. 똑.

"소위 김대한입니다. 들어가도 되겠습니까?"

이윽고 허락이 떨어졌고 대한은 문을 열고 들어가자마자 빠르게 경례하며 말했다.

"충성! 평가관님들 부대 입영하셔서 모셔 왔습니다."

"어, 그래. 김 소위 고생했다. 평가관들은 밖에들 계시나?"

"예, 그렇습니다."

"그래, 들어오라고 해라."

자기 대신 누가 평가관들 데리러 갔나 했더니 그게 김 소위였을 줄이야.

박희재는 대한을 기특하게 여겼고 대한은 바깥에서 기다리는 평가관들을 얼른 데리고 들어왔다.

이영훈은 진작에 나갔는지 보이지 않았다.

"충성! 처음 뵙겠습니다, 선배님."

"아유, 오느라 고생 많았습니다. 이쪽으로 앉으시죠."

군대에선 계급이 같다고 해서 말을 편하게 하면 안 된다.

또 지금처럼 같은 계급일지라도 경례를 받는 사람도 정해져 있었다.

박희재는 권민철과 같이 온 평가관들을 향해 물었다.

"따뜻한 차 괜찮죠? 요즘 이게 건강에 좋다고 하더라고."

한여름에 따뜻한 차라…….

권민철은 속으로 인상을 찌푸렸다.

마음 같아서는 당장이라도 저 김 나는 차를 거절하고 싶었지만…….

"예, 감사히 잘 마시겠습니다."

거절은 무슨, 군대에선 계급이 깡패라고 웃으며 차를 받아 들 수밖에 없었다.

물론 권민철도 전역을 앞둔 말년이라 성질대로 할 순 있었지만 권민철은 상사에게 아부만 하지 않을 뿐이지 성격이 모난 건 아니었다.

박희재가 펄펄 끓는 물을 찻잔에 부어 주며 말했다.

"그나저나 권 중령, 우리 한 번도 같은 부대에서 근무한 적이 없나?"

"예, 아마 없을 겁니다."

단순한 질문 같아 보이지만 저 물음에는 같은 계급이지만 서로의 짬 차이를 확인시켜 주려는 의도가 있었다.

쉽게 말해 알아서 기라는 말.

하지만 전역을 앞둔 건 권민철도 마찬가지.

별로 신경 쓸 사람이 아니었다.

권민철의 딱딱한 대답에 박희재는 권민철이 쉽지 않을 것이란 걸 느꼈다.

"그래? 어쩐지 이름이 낯설긴 하더라니…… 그나저나 뭐 한다고 전역 앞두고 작전사까지 가서 고생하나? 한적한 곳에서 골프나 치지."

"작전사도 운동하기에는 좋습니다."

"그런가? 골프는 좀 치는가?"

"배운 지 얼마 되지 않아 그렇게 잘은 못 칩니다."

"골프는 일찍 배울수록 좋다더군. 아마 권 중령도 골프 잘 쳤으면 대령 달았을 걸? 나는 골프 못 쳐서 진급 못했잖아."

"그렇습니까, 전 골프보다는 일을 잘 못 해서 진급 못한 것 같습니다."

"……그래?"

창과 방패.

만만찮은 상대다.

무안함에 박희재가 조용히 차를 마시자 권민철이 조금 식은 차를 단숨에 들이켠 후 자리에서 일어났다.

"차 맛있게 잘 마셨습니다. 그럼 바로 평가하러 가 보겠습니다."

이번 대화로 권민철은 마음을 굳힐 수 있었다.

이번 부대 평가.

정말 철저하게 해야겠다고.

※

그 시각 막사 정문 앞.

대대장실에서 나온 대한은 불안한 표정으로 대한을 기다리는 이영훈을 불렀다.

"중대장님."

"어, 1소대장! 평가관은?"

"좀 전에 대대장님실로 다 들어갔습니다."

"그래? 의전 과정 중에 실수한 건 없었고?"

"배운 대로 나름 열심히 했습니다."

"어떻게 했는데?"

"평가관이 왜 대대장님 안 나오냐고 물어보셔서……."

대한은 자신이 했던 말과 예비군 입소 풍경을 가린 것들을 말해 주었다.

그러자 이영훈이 흡족한 표정으로 대한의 어깨를 두드렸다.

"크, 역시 넌 우리 중대 최고의 에이스다. 소위 하나만 봐도 그 부대 수준을 알 수 있다고 하는데 잘했어, 1소대장."

"그건 누가 말씀하셨습니까?"

"우리 대대장님이."

"그건 그냥 부대를 보기 귀찮아서……."

"쉿, 조용. 원래 진실은 쓰디쓴 법. 그나저나 의전은 잘했지만 그래도 불안하네. 원래는 내가 나가 보려 했는데 대대장님이 이것저것 물어보셔서 못 나갔거든. 왠지 일부러 날 잡아 두신 것 같단 말이야."

"그럴 리가 있겠습니까?"

그럴 리가 있다.

박희재 성격상 그럴 확률 100%다.

하지만 모르는 척해 주었다.

그게 상관에 대한 하급자의 미덕이었으니까.

"아무튼 평가관들 들어갔으니까 이 틈에 빨리 진행하자."

"예, 중대장님."

동원 훈련은 평가관들과의 싸움이다.

대한과 이영훈은 얼른 예비군들을 중대로 올려 보내기 시작했고 얼마 뒤, 대대장실에서 나온 권민철이 행정 보급관들을 상대로 질문들을 늘어놓기 시작했다.

멀어서 그들의 대화가 들리지는 않았지만 대한은 최대한 권민철의 표정을 살폈다.

'표정을 보니 괜찮은가 본데?'

아무렴.

누가 준비한 건데 보급관들에게 불만이 있을까.

그쯤 입소 절차가 마무리되었고 예비군들이 모든 장구류를 수령한 걸 확인한 이영훈은 행정반 앞에서 예비군들을 불러 모았다.

"자, 예비군분들 식사 집합하겠습니다!"

그러자 분대장들을 비롯한 현역들이 각 생활관을 돌며 예비군들을 불러내기 시작했고 잠시 뒤, 예비군들이 행정반 앞에 모두 집합하자 이영훈이 웃는 얼굴로 말했다.

"만나서 반갑습니다. 중대장 이영훈이라고 합니다. 2박 3일 동안 통제 잘 따라 주시면 편하게 훈련받다 가실 수 있도록 최대한 신경 쓰도록 하겠습니다."

딱딱하지 않고 친근한 말투에 예비군들이 자연스럽게 박수를 치기 시작했다. 처음 보면 사람 좋아 보이는 인상을 가진 이영훈의 장점이 작용되는 순간이었다.

"그럼 지금 바로 식사 이동하겠습니다."

그 말에 대한이 선두에 서서 예비군들을 인솔해 막사 뒤편으로 내려갔다.

그때, 뒤따라오던 백종우가 대한의 옆에 붙으며 조용히 물었다.

"야."

"소위 김대한."

"너 혼자 인솔할 수 있지?"

"예, 충분합니다. 간부 연구실에 계실 예정이십니까?"

"어, 어제 늦게까지 공부해서 그런지 너무 피곤하다."

"알겠습니다. 쉬고 계시면 제가 복귀까지 책임지고 잘 인솔해 내겠습니다."

"땡큐."

자연스러운 짬 때리기.

그래도 대한은 저 모습이 마냥 싫지만은 않았다.

원래 같았으면 하루 종일 옆에 붙어서 지랄했을 양반이었기 때문.

돌이켜 보면 정말 지독하게도 괴롭혔었다.

그 이유가 비록 대한의 실수 때문이긴 했지만 그래도 힘든 건 마찬가지.

그러나 이번 생은 그러지 않았다.

대신 자신이 해야 될 일들을 모두 대한에게 미뤘다.

그만큼 대한을 신뢰한다는 뜻이었으니까.

잠시 뒤, 대한은 식당 입구에 예비군들을 정렬시킨 뒤 복귀 방법을 설명했다.

"지금부터 복귀 방법에 대해 설명드리겠습니다. 식사는 현역들과 같이 실시하시고, 복귀하실 땐 현역들과 전우조를 맺어 이동하시면 됩니다. 식사 후엔 피엑스 이용이 가능하나 그때도 꼭 현역들과 전우조로 움직여 주시면 감사하겠습니다. 그리고 현역들은 사전에 교육한 대로 잘 움직이고 알겠어?"

"예! 알겠습니다!"

"그럼 지금부터 식당 입장하겠습니다."

대한은 예비군들이 차례대로 입장하는 것을 지켜본 뒤에야 마지막으로 식당에 입장해 손을 씻었다.

줄의 맨 뒤에는 옥지성이 있었다.

대한이 옥지성 뒤에 붙으며 말했다.

"지성아."

"상병 옥지성?"

"일부러 맨 뒤에 선 거야?"

"그렇습니다."

"역시 지성이. 센스가 아주 남달라. 근데…… 너 표정이 왜 그래?"

말 그대로였다.

여유 넘쳐야 할 상병의 얼굴이 짐짓 굳어 있었기 때문이다.

"아무것도 아닙니다."

"아무것도 아니긴. 상병이 표정이 얼어 있는데 그게 아무것도 아니야?"

"그게……."

"괜찮으니까 그냥 말해. 내가 뭐 뭐라 하는 사람이디?"

그 말에 옥지성이 잠시 고민하는 듯하더니 이내 곧 표정이 안 좋았던 이유에 대해 설명하기 시작했다.

"그게…… 이번 예비군 중에 신경이 좀 많이 쓰이는 예비군이 있어서 그렇습니다."

"신경? 아는 사람이야?"

"그게 아니라……."

그 말에 옥지성이 목소리를 낮춰 소곤거리기 시작했다.

"소대장님은 이번에 부임하셔서 잘 모르시겠지만 이번 예비군 중에 저희 부대 나온 선배가 하나 있습니다. 근데 그 사람이 진짜 악마라 자꾸만 신경이 쓰이는 것 같습니다."

"악마?"

그 말에 순간 잊고 있었던 한 사람이 떠올랐고 대한도 악몽을 떠올리듯 미간이 좁혀졌다.

'그러고 보니 한현수가 있었지.'

악마의 이름은 한현수.

그는 베개 빌런과 마찬가지로 151대대 출신 예비군이었는데 놀랍게도 타중대 출신인 베개 빌런과는 달리 한현수는 무려 1중대 출신이었다. 물론 기수 차이가 좀 나서 현역들 중에 한현수와 같이 군 생활한 애들은 없었지만 그래도 1중대에 좀 있었던 간부라면 모두들 한현수를 알았다.

'확실히 그 녀석이라면 신경 쓰일 만 해.'

한현수는 인터넷에서 흔히 볼 법한 질 나쁜 예비군의 집합체 같은 녀석이었다.

현역들에게 시도 때도 없이 장난을 걸며 놀리는가 하면 교육 참여에 대한 열의도 부족…… 아니, 부족하다 못 해 분위기를 망치는 주범 중에 하나였다.

옥지성이 잔뜩 울상인 표정으로 중얼였다.

"분명 작년까지만 여기 오고 올해는 다른 지역 간다고 했는데……."

"혹시 이름이 한현수냐?"

"어? 어떻게 아셨습니까?"

"미리 귀띔 받았어. 사고뭉치 하나 들어온다고. 근데 너무 걱정하지 마. 이번엔 별일 없을 거야."

"그걸 소대장님이 어떻게 아십니까?"

"그런 게 있어. 그러니까 걱정하지 말고 밥이나 먹어. 네가 걱정하는 일은 없을 테니까."

"예, 소대장님……."

한현수는 현역일 때도 전과가 화려했다.

후임들을 괴롭혀 영창에 갔다 오는가 하면 그 외에도 갖은 부조리로 휴가가 죄 잘렸다고 들었다.

'나도 그놈 때문에 어지간히 고생했었지.'

하지만 이번엔 좀 다를 것이다.

1회차 때라면 모를까, 2회차인 대한은 어떻게 하면 한현수를 제압할 수 있을지 너무나도 잘 알았으니까.

'심지어 그 방법이 하나가 아니라는 거.'

대한이 콧노래를 흥얼거리며 식판에 밥을 담는다.

대한은 빠르게 식사를 마친 후 취사장으로 향했다.

취사장에 들어가기 전 미리 준비해 온 위생 커버를 군화에 씌운 후 취사장에 들어갔다. 그런데 식사 준비가 끝났으니 조용해야 할 취사장은 무슨 이유에선지 여전히 부산스러웠다.

"찬영아, 바쁘냐?"

전찬영은 땀을 흘려가며 분주하게 움직이고 있었다. 그런데 얼마나 바쁜지 대한의 목소리를 듣지 못했고 여러 번 더 외친 뒤에야 그제야 대한을 보고 경례를 올렸다.

"어, 충성!"

"많이 바쁜가 보네? 내 목소리도 안 들리는 거 보면."

"죄송합니다. 정신이 없다 보니 미처 못 들었습니다."

"아니 뭐라 하려고 그런 건 아니고. 근데 왜 이렇게 바빠? 지금 한참 조용해야 할 때 아냐?"

사실 대한은 지금 취사장이 왜 바쁜지 알고 있었다.

그런데도 모른 척 했다. 그편이 재밌었으니까.

대한의 말에 그제야 전찬영이 울분을 토로하기 시작했다.

"예비군들 때문에 준비해야 될 식사량이 배가 돼서 그렇습니다. 지금도 밥 부족할 것 같아서 밥하고 있는데 진짜 죽겠습니다."

말 그대로였다.

예비군 훈련장에서 훈련받는 예비군들은 도시락을 지급하면 그만이었지만 부대에서 훈련받는 인원들은 모두 다 식당을 이용하기 때문.

그것과 더불어 취사 지원도 받을 수 없었다. 지원 나올 병력들은 이미 다 예비군들을 위해 편성이 되었으니까.

그러니 믿을 거라고는 취사병 출신 예비역들뿐. 하지만 아직 입소식도 하기 전인데 그들에게 일을 시킬 순 없었고 그 덕에 죽어 나가는 게 기존의 취사병들이었다.

그때였다.

"전투화!"

뒤에서 날카로운 여자 목소리가 들린 건.

목소리의 주인은 다름 아닌 취사장의 유일한 민간 조리원 아주머니였다.

통칭 어머님이라 불리는 분.

그녀가 눈을 부라리며 대한에게 다가왔다.

"내가 몇 번이나 말했잖아요! 취사장에 들어올 때는 전투화…… 으잉?"

씩씩 성을 내 가며 가까이 오던 그녀는 이윽고 대한의 전투화에 감긴 위생 커버를 보고 두 눈을 휘둥그레 키웠다.

그 틈에 대한이 넉살 좋게 인사했다.

"안녕하십니까, 어머님? 이번에 새로 전입 온 김대한 소위라고 합니다. 찬영이한테 말씀 많이 들었습니다."

"어, 반가워요. 근데…… 전투화에 위생 커버를 씌웠네?"

"모두가 장화 신고 조리할 만큼 위생에 신경 쓰는데 장화까진 아니더라도 이 정도는 준비해야 될 것 같아서 따로 챙겨 와 봤습니다."

"……그래요?"

그 말에 조리원 아주머니의 얼굴에 짐짓 감동의 물결이 일었다. 그녀가 취사장에서 가장 신경 쓰는 것이 바로 위생이었는데 그래서 간부들이 군홧발로 이곳에 들어오는 걸 가장 싫어했고 그와 관련된 잔소리도 굉장히 많이 하기 때문.

하지만 잔소리를 하면 뭘 할까?

발 근처에 물을 뿌려도 도무지 들어 먹질 않는 게 간부들인 걸. 그런데 그녀가 이곳에서 근무를 시작한 이래 처음으로 먼저 위생에 대해 이야기하고 행동으로 실천한 간부가 나타났으니 당연히 감동을 받을 수밖에.

그녀의 감동 어린 표정을 본 전찬영이 잽싸게 뒷말을 덧붙였다.

"어머니, 이분이 바로 저희 요리 대회도 건의해 주신 분입니다."

"이분이? 이번에 새로 전입 오셨다면서?"

"예, 오자마자 건의해 주신 거죠."

"그게 정말이야?"

그 말에 조리원 아주머니가 더더욱 감동했다.

그녀가 위생만큼이나 가장 중요하게 생각하는 것이 바로 자식 같은 취사병들의 복지였기 때문.

그녀가 처음과는 확연히 달라진 목소리로 말했다.

"아이구, 내가 그런 줄도 모르고 대뜸 소리부터 질렀구나. 미안해요."

"아닙니다. 그동안 얼마나 시달리셨으면 무조건 반사가 나오셨겠습니까?"

"아휴, 사려 깊기까지…… 아참, 그보다 요리 대회는 어떻게 됐나요?"

역시 조리원 아주머니다.

그녀는 감동한 와중에도 병사들의 복지를 잊지 않고 요리 대회 근황에 대해 물었고 대한도 마침 좋은 타이밍이라 생각하여 말을 옮기기 시작했다.

"그렇잖아도 그것 때문에 여기 온 겁니다. 찬영아, 혹시 중대장님한테 들은 거 없지?"

"어떤 것 말씀이십니까?"

"대대장님이 요리 대회 허락하셨다. 아마 포상이 나와도 대대장님 이름으로 포상이 나올 거야."

"그게 정말입니까?"

"그래, 인마. 아직 세부적인 계획은 안 세워졌지만 내가 한번 잘 세워 볼게."

"그게 정말이에요? 아휴, 찬영아 잘됐다."

요리 대회 개최 소식에 그녀 또한 마치 자신의 일인 양 기뻐

해 준다.

참 성격 좋은 분이셨다.

'전생에는 인사과장일 때 취사병들 휴가 만들어 주면서 겨우 친해졌었는데, 이번에는 오자마자 친해졌네.'

조리원 아주머니는 참 좋은 사람이었다. 그도 그럴 게 그녀는 돈 때문에 이곳에서 일하는 사람이 아니었으니까.

그녀는 영천에서 대농장을 소유한 사람들 중 1명이었는데 부리는 직원들이 많아 남아도는 시간을 활용하기 위해 이곳에서 민간 조리원을 시작했던 것.

'그 증거로 부대에서 제일 비싼 세단을 몰고 다니시지.'

심지어 단장이나 대대장보다도 차가 더 좋았다.

대한이 기뻐하는 전찬영에게 어깨를 툭 부딪치며 웃었다.

"대대장님 주관 요리 대회까지 열어 줬으니까 힘들다고 엄살 피우면 안 된다?"

"몸이 부서져라 밥 하겠습니다."

"그래. 다른 애들한테는 네가 전달해 주고."

"예, 알겠습니다!"

전찬영의 환한 웃음에 대한 또한 기분이 좋아짐을 느꼈다.

✵

점심시간이 끝나고 입소식을 위해 대대 막사 뒤편에 예비군들이 집합했다. 그런데 그사이 친해졌는지 식사 집합 때와는 달리 분위기가 상당히 어수선해졌다.

'슬슬 시작이네.'

이곳에선 사회에서 뭘 했는지 별로 중요하지 않았다.

군대라는 이름하에 모두가 전설인 척 떠들어 대는 곳이 바로 이곳이었으니까.

그렇기에 예비군들의 친화력은 타의 추종을 불허했다.

"자! 신속하게 모이겠습니다!"

입소식을 위해 이영훈이 소리쳤지만 이미 친해진 예비군들에게 이영훈의 말이 들릴 리가 없었고 또 현역도 아니라서 이영훈의 목소리는 크게 힘을 가지지 못했다.

그때, 잠자코 지켜보던 대한이 말했다.

"중대장님? 혹시 중대장님만 괜찮으시다면 제가 인솔해서 가겠습니다."

"괜찮겠냐? 힘들 텐데?"

"열심히 해 보겠습니다. 근데 혹시 먼저 강당에 가 계실 겁니까?"

"아니, 평가관님이랑 같이 갈게. 아무래도 내가 의전하는 게 마음 편할 것 같아서."

"역시 중대장님이십니다. 그럼 좀 이따 뵙겠습니다."

이영훈이 해도 됐지만 굳이 대한이 나선 이유.

어차피 이런 경우에는 목이 터져라 외치는 것밖엔 방법이 없다.

그래서 일부러 자신이 나선 것.

이래저래 이영훈에게 스트레스가 쌓여 봤자 그 히스테리는 아랫사람들에게 되돌아 올 테니까.

이영훈이 떠난 뒤, 대한은 서둘러 소리치며 예비군들을 인솔하기 시작했고.

강당에 도착한 뒤, 곧 있을 입소식 연습을 위해 다시 한번 예비군들을 정리시키고 있을 때였다.

"학군이야?"

예비군들 중 대뜸 대한에게 말을 거는 사람.

복장은 현역 못지않게 깔끔했고 전투복에는 다이아몬드가 3개 달려 있었다.

이번 예비군 중대장인 학군 대위로 전역한 선배였다.

'그래. 생각해 보면 이 양반도 있었지.'

지수민.

뒤늦게 떠오른 이름이었지만 희미한 기억 속에서도 그는 별로 좋은 인상을 가지고 있진 않았다.

지수민 또한 소위 말하는 꼰대 진상 예비군들 중 하나였으니까.

그러나 대한은 티를 내지 않고 웃으며 말했다.

"선배님 안녕하십니까? 먼저 인사 드렸어야 했는데 정신없어서 미처 인사를 못 드렸습니다. 죄송합니다."

사실 장교 전역자라고 해서 병사 전역자들과 크게 다를 건 없었다.

동원 훈련장에서 예비군은 병사 출신이나 간부 출신이나 모두 다 현역들에겐 북한보다도 더한 주적이었으니까.

그 증거로 곧장 지수민이 불만을 늘어놓기 시작됐다.

"야, 내가 이 부대에는 처음 오는데 원래는 대대장님 신고부터 하지 않나?"

그래.

바로 이 말투.

아무리 선배였더라도 반말은 잘 안 하는데 저 말투 때문에 희끄무레한 기억 속에서도 지수민은 별로 좋지 않은 인상으로 남아 있었다.

하지만 나름 익숙했다.

많은 학군 선배들을 봐온 대한으로서 저런 모습은 수많은 진상들 중 꽤나 익숙한 유형에 속했으니까.

'꼭 예비군 와서 꼰대 짓 하려는 사람들이 있지. 그럴 것 같으면 계속 군인 하면 될 텐데 말이야.'

그래도 미소를 잃지 않고 대답했다.

"지금 대대장님께선 다른 분과 면담 중이셔서 면담은 입소식 이후에 진행될 예정입니다."

"아이고, 소대장아. 넌 그게 맞다고 생각하냐?"

"틀리진 않았다고 생각합니다."

"얼래? 쫌찌라서 뭘 모르네. 어린 소대장아, 내가 선배로서 충고 한마디 해 주자면 내가 대위 달고 전역할 때까지 그런 경우는 본 적이 없어요. 이건 잘못된 게 맞아."

"그렇습니까?"

그럼 소령까지 한번 달아 보지 그랬냐? 그럼 봤을 수도 있었을 텐데.

대한은 목구멍까지 이 말이 차올랐지만 꿀꺽 삼켰다.

이런 진상들에게 감정 품어 봤자 자기만 손해였으니까. 게다가…….

'네가 대위로 지내봤자 뭐 얼마나 지내봤다고 내 앞에서 입을 터냐.'

만년 대위였던 대한이다.

아마 전국에서 대위로 오래 지낸 사람들을 줄 세우면 그중 다섯 손가락은 들어갈 터.

하지만 그렇다고 무시할 수는 없어 성심성의껏 답변해 주었다.

"하여튼 지금은 면담을 하고 싶어도 할 수가 없는 상황이니 입소식이 끝나면 바로 면담하실 수 있도록 준비하겠습니다."

"그래, 그래. 착한 내가 참아야지. 알겠다. 욕봐라."

지수민은 마지못해 들어주는 척 기세를 꺾었고 그 뒤로 입소식 준비는 차질 없이 진행되었다.

한편.

권민철은 입소 절차를 평가한 뒤 박희재와 대화를 나누고 있었다.

"입소 절차는 전반적으로 준비를 잘하신 것 같습니다."

"그런가?"

"예, 꼼꼼하게 둘러봤는데 농땡이 피우는 간부들도 없는 것 같고 병력들도 각자 맡은 바 성실하게 임무를 잘 수행하는 것을 보고 왔습니다. 그리고 행보관들이 이 부대에 꽤 오래 있었던 것 같던데, 맞습니까?"

"대부분 10년 조금 넘겼거나 조금 안되거나 그럴 걸세."

"어쩐지 다들 노련함이 느껴졌고 종합적으로 보았을 때 입소 절차는 꽤나 준수했습니다."

권민철의 긍정적인 평가에 박희재는 고개를 끄덕였다.

사실 그깟 평가야 말년에 무슨 상관이겠냐 싶지만 이번 평가 결과에 따라 동기 놈 이원영이 또 무슨 태클을 걸지 몰라 조금은 긴장하고 있었다.

그래서 이런 식으로 자주 대화를 나누며 권민철의 시간을 빼앗을 생각이었다.

그렇게 또 시답잖은 이야기로 한참 시간을 뺏고 있을 때쯤.

똑. 똑. 똑.

이영훈이 나타났다.

"어, 들어와."

"충성! 대대장님, 입소식 준비가 모두 끝났습니다!"

"으음, 시간이 벌써 그렇게 됐나?"

박희재는 능청스럽게 시계를 쳐다보고는 남아 있는 차를 한 번에 들이켰다.

그런 다음 책상 위에 올려 둔 베레모를 챙기며 말했다.

"입소식도 보러 올 건가?"

"예, 입소식은 볼 게 없겠지만 끝나고 통제하는 것은 봐야 하지 않겠습니까."

권민철은 기계처럼 대답했고 세 사람은 다 함께 강당으로 향했다.

※

"……입소를 명 받았습니다. 이에 신고합니다. 대대장님께 대하여, 경례!"

"충! 성!"

어느덧 입소식의 마지막 차례.

마지막 차례가 되자 예비군들이 현역과 같은 절도 있는 모습으로 박희재에게 경례를 올린다.

"충성."

"바로."

지휘는 1중대 예비군 중대장 지수민이 맡았다.

박희재는 예비군들의 절도 있는 모습에 흡족함을 표했다.

이만하면 평가관도 좋게 보겠거니 생각하며…… 그러나 잠시 뒤.

"선배님! 일어나셔야 합니다!"

"흡연 시간은 따로 통제드릴 겁니다!"

"선배님! 총기를 놔두고 가시면 어쩝니까? 선배님?"

행사가 끝내자마자 강당의 예비군들은 순식간에 망나니로 돌변해 버렸다.

자리에 주저앉는 예비군을 시작으로 흡연장을 찾는 예비군, 장구류를 풀어 헤치는 예비군까지…….

사회자를 맡은 인사과장을 비롯해 현역들이 전부 출동해 하나하나 달래 가며 복귀를 시키려 하고 했으나.

'저 사람들이 통제될 리가 있나.'

예비군은 예비군이었다.

대한은 점점 일그러져 가는 박희재의 얼굴을 지켜보던 끝에 마이크가 있는 단상에 올랐다.

인사과장은 진작에 통제를 포기하고 자리를 떠났다.

"자, 1중대 주목."

"주목!"

예비군들 대신 현역들이 대답한다.

하지만 대답만 하지 않았을 뿐 모두가 대한을 주목했고 대한은 준비해 둔 말을 이었다.

"자, 지금부터 흡연하고 싶은 예비군들은 강당 옆 흡연장에서 흡연하시면 됩니다. 대신 현역들 통제를 따라 주시고 나머지 인원들은 자리에 착석하셔서 잠시만 쉬고 계시기 바랍니다. 이상."

그 말에 예비군들이 크게 만족하며 대한의 지시를 따르기 시작했다. 어차피 말 안 듣는 예비군이라면 빡센 통제보다는 커다란 자유에 약간의 부탁을 얹는 게 훨씬 더 쉬웠으니까.

그래서일까?

권민철이 흥미로운 표정으로 대한을 보았다.

"지금 중대 예비군 통제를 누가 하고 있는 건가?"

"저희 1소대장이 하고 있습니다."

"아까 전에 그 소위?"

"예, 그렇습니다."

"신임 소위라고 하지 않았나?"

"예, 그렇습니다."

"공수 마크는 못 본 것 같은데…… 혹시 육사 출신인가?"

"학군 출신입니다."

"그래? 요즘에도 저런 학군이 다 있구만."

하는 행동이나 말들이 전혀 신임 소위 같지 않다. 그런데 더 놀라운 것은 학군 출신이라는 것.

권민철의 반응에 이영훈은 속으로 함박웃음을 지었다.

'대한아, 넌 앞으로 내 영원한 1번이다. 으이구, 이 기특한 놈!'

어쩌다 저런 놈이 들어왔는지.

참 기특할 따름이다.

대한에 대한 이영훈의 신뢰가 성처럼 굳건해져 갈 무렵, 예비군들이 다 모인 것을 확인한 대한이 다시 마이크를 잡았다.

"자, 이제 다 모이신 것 같으니 간략하고 빠르게 용건만 말씀드리도록 하겠습니다. 우선 3일 동안 진행되는 일정들 중 단축은 없습니다."

그 말에 곳곳에서 탄식이 터져 나왔으나 대한은 그 반응을 무시한 채 말을 이어 나갔다.

"또한 지금처럼 통제를 제대로 안 따라 주셔서 정해진 일정이 모두 수행되지 않을 경우 자유 시간을 줄여서라도 교육이 진행될 예정이오니 이 점 참고 부탁드리겠습니다."

그 말에 일순 예비군들이 조용해졌다.

단축이 없다는 말은 흔한 협박이니 그러려니 했지만 저렇게까지 못을 박는 걸 보니 장난이 아니란 걸 알았기 때문이다.

그러나 채찍질만 하면 통제는 더욱 힘들어지는 법.

이제는 당근을 내어 줄 차례였다.

"대신 훈련을 일찍 소화하시면 그만큼의 휴식 시간을 부여해 드리겠습니다. 할 것만 딱 하고 제대로 쉬시는 편이 여러모로 좋지 않겠습니까?"

그 말에, 얼마 뒤 예비군들이 힘 빠진 목소리로 하나둘씩 대답하기 시작했다.

"예."

"예에~."

통제를 받는다는 것 자체가 마음에 안 들지만 어쩌겠는가? 그래도 타협점을 찾아야 하는 것이 군대인데.

효과는 즉각 나타났다.

예비군들 대부분이 대한의 말에 못 이기는 척 자리에서 일어나 장구류 착용을 시작했다.

하지만 지수민은 아니었다.

'지랄하네. 어디 한낱 소위 주제에 책임도 못 질 소리 하고 있어.'

그래서 다른 예비군들도 모두 들을 수 있도록 큰소리로 말했다.

"그럼 훈련 일찍 끝나면 먼저 복귀해도 되는 거야? 핸드폰도 일찍 불출해 주고?"

하……

저 양반 또 시작이네.

영웅 심리라도 든 건가?

하지만 여기서 발끈하면 하수다.

아무리 공개적인 자리에서 반말을 해도 대한은 아무렇지 않은 척 대답했다.

"예, 당연합니다. 무조건 일찍 복귀 후 자유 시간 보장하겠습니다."

"너 이제 들어온 신입 소대장 아냐? 그거 네가 책임질 수 있는 거긴 하냐?"

"그럼 누가 해야 하는 말입니까?"

"최소 중대장은 나와야지."

지수민의 말에 대한은 피식 웃었다.

난 또 뭐라고.

기껏해야 한다는 말이 저런 거라니.

물론 틀린 말은 아니었다.

이런 건 보통의 소위…….

하물며 쏘가리라 불리는 신입 소위가 결정할 수 있는 건 아니었으니까.

하지만 대한이 어디 그냥 소위던가.

선임 소대장인 백종우도 가만히 하품하며 구경하고 있는 마당에 중대장이라고 불허할까?

대한이 말했다.

"중대장께선 지금 바쁘십니다. 그리고 제가 책임질 수 있으니 이런 말씀을 드리는 겁니다."

그러나 지수민은 납득하지 않는다는 표정으로 가만히 대한을 쳐다봤다.

기 싸움을 하는 것이다.

오호, 그렇게 나오시겠다?

이럴 땐 또 방법이 있다.

"현재 속도를 보니 다른 중대보다 최소 15분은 늦게 일과가 마무리될 것 같은데 그렇게 되면 식사 시간도 늦어지실 테고 그만큼 피엑스 이용 시간도 밀리실 겁니다. 그리고 피엑스는 늦게 가실수록 구매하실 게 줄어드실 텐데…… 아, 이제 막 또 시간이 지났으니 16분 정도 늦어질 것으로 예상됩니다."

그 말에 예비군들의 동작이 빨라지기 시작했다. 딴 건 몰라도 피엑스 이용 시간이 밀리는 건 참을 수가 없었으니까.

그래서일까?

가만히 듣고 있던 예비군들의 불만이 터져 나오기 시작했다.

"아저씨! 그냥 빨리 하시죠?"

"그래, 뭔 말이 그렇게 많아? 그냥 하고 쉬면 되겠구만."

"거 꼬장 좀 그만 부리고 일로 오이소. 나이도 묵을 만큼 묵은 양반이 아도 아이고 왜 저카노."

이이제이.

오랑캐는 오랑캐로…….

아니, 예비군은 예비군으로 처리한다.

어두워진 민심에 지수민도 결국 포기할 수밖에 없었고 순식간에 이동 준비를 마친 1중대는 대한의 지휘에 따라 이동하기 시작했다.

"앞으로 가!"

대한의 능숙한 예비군 컨트롤에 중대 간부들이 뿌듯한 표정으로 고개를 끄덕인다.

　그 모습을 가만히 지켜보던 권민철이 입가에 미소를 띠며 말했다.

　"아까 대대장님도 칭찬하시더니 저 친구 아주 물건이구만. 정말 신임 소대장 맞나? 중위인데 약장만 바꾼 게 아니고?"

　"아휴 절대 아닙니다. 안 그래도 1소대장 때문에 요즘 중대장 할 맛이 납니다."

　"유능한 부하를 두고 있는 것만큼 지휘관으로서 기쁜 일도 없지. 근데 저 친구는 장기 계획이 있다던가?"

　"저한테는 전역한다고 말하긴 했는데 아무리 봐도 천상 군인 체질인 게 계속 생활하다 보면 마음이 바뀌지 않겠습니까?"

　"하긴 자신의 행동에 보람을 느끼기 시작하면 그것만큼 좋은 계기도 없는 법이지."

　"맞습니다, 평가관님."

　"근데 자네는 예비군들 인솔 안 하나? 그래도 중대장인데?"

　"원래는 그럴 예정이었으나 부하들의 역량을 키워 주는 것도 상관으로서의 도리라고 생각해 최대한 뒤에서 지켜볼 생각입니다. 그리고 어차피 예비군 통제 평가에서 가장 많이 지적하시는 부분들이 초임 소대장에 대한 것 아니십니까."

　"틀린 말은 아니지만 이미 중대장급으로 하고 있는 애를 내가 어떻게 지적하겠나? 그냥 자네가 못 하는 게 아닌가 싶어서 물어본 거지."

"하하, 저 없으면 평가관님 심심하시지 않으시겠습니까. 제 교육 때를 빼면 웬만하면 제가 모시겠습니다."

권민철은 이영훈의 알랑방귀가 퍽 귀엽게 느껴졌다. 하급자에게는 굉장히 관대한 것이 바로 권민철이었으니까.

그렇기에 권민철은 더더욱 생각을 굳혀 갔다.

이번 평가 동안 권민철이 집중해야 될 사람은 다름 아닌 대한과 이영훈이라는 걸.

※

입소식이 끝난 뒤에 바로 이동한 곳은 바로 사격장이었다.

예비군들에게는 총 쏘는 재밌는 시간일지 몰라도 간부들은 가장 신경을 많이 쓰는 훈련 중에 하나.

"예비군분들! 방탄 착용해 주시기 바랍니다!"

옆에서 인솔하던 대한이 방탄을 쓰지 않은 예비군들에게 다시 한번 방탄모 착용을 권유했다.

그때, 박정구가 더는 못 참겠다는 표정으로 대한에게 다가왔다.

"소대장님, 이거 냄새 한번 맡아 보이소."

"왜 그러십니까?"

"아, 일단 한번 맡아 보이소."

그 말에 대한은 방탄모에 코를 가져다 댔다. 그러자.

"끅!"

대한은 자기도 모르게 인상을 찌푸리며 헛구역질을 했다.

"아니, 인간적으로 사람이 쓸 수 있는 걸 주고 쓰라 카입시다. 이런 거 썼다가는 안 그래도 머리 빠지고 있는데 머리가 빠지다 못 해 대가리 전체가 썩을낍니다."

웬만해선 그냥 쓰라고 하고 싶었으나 이건 좀 심했다.

그때, 시야에 옥지성이 보였다.

"지성아, 이리 와 봐."

"상병 옥지성?"

"이거 방탄 좀 바꿔 드려라."

"제 거랑 말씀이십니까?"

"그래."

"아, 예. 알겠습니다."

딴생각하느라 두 사람의 대화를 듣지 못한 옥지성은 생각 없이 방탄모를 바꾼 다음 머리에 썼다.

아니, 쓰려고 했다.

"끕, 끄웨엑."

방탄모가 얼굴을 스치는 순간 자기도 모르게 나오는 헛구역질.

그 모습을 보던 박정구가 킬킬 웃었다.

"크큭, 저거 보십쇼. 애들도 못 쓰는 걸 왜 저한테 주고 그러십니까."

"하하, 죄송합니다. 지성아, 내려가서 방탄 좀 바꿔 올래? 네가 할 통제는 내가 대신하고 있을게."

"예, 알겠습니다. 근데 소대장님……."

옥지성이 잠시 머뭇거리더니 어렵사리 뒷말을 이었다.

"저…… 혹시 내려갈 때 이거 쓰고 내려가야 합니까?"

옥지성이 불쌍한 얼굴을 하고서 대한을 바라본다.

그래. 인간적으로 저걸 쓰라고 하기엔 좀 그렇지.

저런 걸 쓰게 했다간 부조리로 신고 당해도 할 말 없을 테니.

대한이 말했다.

"그냥 내려 가. 누가 착모 안 하고 돌아다니냐고 하면 방탄 냄새 한번 맡아 보라고 하고."

"감사합니다, 소대장님. 그럼 다녀오겠습니다."

옥지성이 다행이라는 표정으로 산을 내려가기 시작한다.

그로부터 얼마 뒤, 조용한 사격장에 1중대 예비군들이 도착했고 예비군들에게도 약간의 긴장감이 흐르기 시작했다.

'사격장에만 오면 다들 자연스럽게 겸손해진단 말이지.'

그건 아마 군 시절 내내 귀에 딱지가 앉도록 사격장에 대한 교육을 받았기 때문일 터.

사격장에 도착한 대한은 자신들을 기다리던 사격 통제관, 2중대장 정우진에게 경례를 올렸다.

"충성! 1중대 사격 인원 도착했습니다."

"충성. 예비군분들은 우선 이쪽으로 집합하시길 바랍니다."

정우진의 건조한 지시에 예비군들이 궁시렁거리며 움직이기 시작했다. 힘들게 산에 올라왔는데 휴식 부여는커녕 바로 집합을 걸었기 때문이다.

그사이, 주변을 둘러보던 정우진이 조용히 대한을 불렀다.

"김 소위."

"소위 김대한!"

"조교 머릿수가 하나 모자라는데?"

"예비군 장구류 이상으로 제가 조교 하나를 행정반으로 보냈습니다. 조교가 복귀 전까진 제가 대신 통제하겠습니다."

"네가? 할 수는 있고?"

"예, 할 수 있습니다."

정우진은 대한의 빠른 대답에 잠시 침묵하더니 고개를 끄덕였다.

"좋아, 한번 믿어 보지."

정우진의 눈빛에 호기심과 기대가 어렸다.

그도 그럴 게 정우진도 들었기 때문이다.

대한의 지뢰 훈련장 브리핑 활약 건을.

Chapter 2

"지금부터 8명씩 조를 편성하겠습니다. 짝수 열만 우측 앞으로 이동하시고 1조, 2조를 제외한 나머지는 의자에 착석해서 기다리시면 됩니다."

곧 조 편성이 이루어졌고 1조 인원들이 사격장 안전 수칙을 외친 다음 각 사로로 이동해 영점 사격 대기를 시작했다.

탄알집은 받지 않았다.

예비군들은 현역들과는 달리 직접 실탄을 수령하는 게 아니라 조교들이 옆에서 탄알집을 넘겨주는 형식이었으니까.

'사고 방지 차원에서 만들어진 방식이긴 하지만…… 이렇게 해도 안심할 수는 없지.'

예비군 총기 사고는 생각보다 자주 일어난다.

그래서 방심은 절대 금물이었고 옥지성을 대신해 사로 하나
를 맡은 대한도 자연스레 긴장할 수밖에 없었다.

영점 사격장으로 올라온 정우진이 마이크를 잡으며 말했다.

"사수 입장."

계단에서 대기 중이던 예비군들이 통제를 따라 일제히 이동
한다. 그런 다음 각 사로에 맞춰 자리에 섰고.

"사로 입장. 총기 거치."

대한은 한숨을 푹푹 내쉬는 예비군들을 이끌고 사로에 입장
시켰다.

각 부대 사격장마다 다르겠지만, 대한의 부대에선 엎드려 쏴
자세로 영점 사격을 실시했는데 그래서인지 일부 예비군들이
불만을 호소했다.

"간부님, 진짜 엎드려서 쏴요?"

"예, 그렇습니다."

"하, 옷 더러워지는데……."

저런 불만은 이제 애교 수준으로 들린다.

대한은 조용히 속으로 미소 지으며 예비군의 총기를 총기 거
치대에 올려놓았다.

"무릎앉아로 대기해 주시기 바랍니다."

"예……."

이윽고 예비군들의 총기가 전부 거치된 걸 확인한 정우진이
통제를 이어 나갔다.

"자, 이제부터 복명복창 크게 하시기 바랍니다."

"예에."

"사수 소총 들어."

"소총 들어."

모두가 복명복창을 하긴 했다.

다만 그 소리가 모기만 해서 문제지.

그리고 정우진은 그런 목소리를 절대로 용납할 사람이 아니었다.

정우진이 착 가라앉은 목소리로 다시 한번 말했다.

"사수 소총 거치."

"소총 거치."

"목소리…… 마지막입니다. 사수 소총 들어."

세 번까지 기회를 준다는 말이 있지만 예비군들은 예비군들이었다.

"소총 들어."

분명히 경고했음에도 불구하고 예비군들의 목소리는 전과 같았다.

그 소리에 대한이 속으로 한숨을 내쉬며 생각했다.

'그냥 내가 방탄 바꾸러 다녀올 걸.'

왜냐면 곧 불어닥칠 폭풍을 예견했기에.

분노한 정우진이 말했다.

"모두 일어서."

"……일어서?"

갑자기 일어나라는 말에 예비군들이 어리둥절함을 표했다.

사격 통제에서는 좀처럼 듣기 힘든 말이었기 때문이다.

하지만 일단은 따랐고 정우진의 지시는 계속됐다.

"앞에 총."

"앞에 총?"

"앉아."

"앉아?"

"일어서."

"일어서……?"

잘못 들은 게 아니었다.

얼차려가 맞았다.

세상에 예비군한테 얼차려라니.

생각지도 못한 상황에 예비군들은 얼빠진 표정으로 얼차려를 받았다.

그렇기에 깨달았다.

아, 저놈 또라이구나.

하지만 얼차려는 이미 부여된 상황.

게다가 보통 상황도 아니고 이곳은 사격장.

그럴 수도 있다는 생각이 머리를 지배했다.

"앉아! 일어서! 앉아! 일어서!"

사격장을 휘어잡는 정우진의 카리스마에 예비군들의 목소리는 점점 커지기 시작했다.

그리고 마침내 자신이 원하는 수준의 목소리가 나오자 정우진은 그제야 예비군들에게 질문했다.

"사격할 준비됐습니까?"

"예엑!"

"좋습니다. 사수 사격 준비."

"사격 준비잇!"

얼차려의 효과는 굉장했다.

얼차려 이후 궁시렁대는 인원은 단 1명도 발생하지 않았고 다들 현역 때처럼 훈련에 임했다.

사수가 탄알집을 주기도 전에 손을 내미는가 하면 격발 후 표적지를 확인하러 걸어갈 때조차 큰 걸음으로 절도 있게 걸어 갔다.

"우로 3 클리크……."

"제가 알아서 하겠습니다."

음?

이거 효과가 너무 과한데?

뭐, 말 잘 들으면 좋지.

이어서 1조가 끝나고 2조가 입장했다.

"2조, 사수 입장."

"1사로!"

1조의 얼차려는 2조에게도 효과가 있었다.

다들 눈치가 있는지 큰 목소리로 사로 복창을 하며 들어왔다.

그런데 대한이 서 있는 5사로에 낯익은 얼굴이 들어왔다.

한현수였다.

'다행이네. 차라리 나한테 와서.'

어디로 튈지 모르는 놈이 한현수였다. 그렇기에 병사가 조교로 있는 곳보단 차라리 자신이 전담하는 게 마음이 놓였다.

그래도 아직까진 별문제 없어 보였다.

목소리도 크고 지시도 잘 따랐다.

"탄알집 인계."

그러나 그 평화도 탄알집을 인계하면서 무너졌다.

잠자코 있던 한현수가 알은척하며 말을 걸어왔기 때문이다.

"1소대장님이시죠?"

"잡담하지 않습니다."

"에이, 예비군 훈련인데 이야기도 좀 하면서 하는 거지 안 그래요?"

"한현수 씨, 사격 중에는 사격에만 집중해 주시길 바랍니다."

"어휴, 대위나 소위나 전부 다 팍팍하네."

대한의 단호함에 흥미가 사라진 건지, 한현수는 시선을 돌려 표적지를 바라봤다. 그런 다음 인계받은 탄알집을 소총에 결합하려 했고 대한이 그 행동을 저지했다.

"아직 결합하라고 안 했습니다. 통제에 따라 주시길 바랍니다."

"아, 씹 진짜……."

결국 참다못한 한현수의 입에서 욕설이 터졌다.

그 순간.

"탄알집 결합."

정우진의 지시가 이어졌다.

그 말에 한현수가 한숨을 내쉬며 중얼거렸다.

"사격 안 해 본 것도 아니고 존나 귀찮게 하네."

대한은 그 말을 똑똑히 들었지만 모른 척 했다. 대꾸해 줬다 간 괜히 일만 커질 테니.

'지성이가 이 새끼 안 맡은 게 다행이네.'

사격장 사로에 올라와 있는 간부한테도 이러는데 병사한테는 오죽할까?

아마 엄청나게 시달렸을 것이다.

곧 사격이 이어졌다.

탕! 탕! 탕!

클리크 조정을 위한 3발의 사격이 순식간에 마무리가 되었다. 그런데 뭔가 좀 이상했다.

대한이 고개를 갸웃거리며 말했다.

"조준 잘하신 것 맞습니까?"

"예, 왜요?"

"확인 한번 해 보시죠."

"안 그래도 하러 갈 겁니다."

한현수는 대한의 반응에 시시덕거리며 표적지를 향해 걸어갔다. 표적지는 대한이 예상했던 대로였다.

'한 발도 안 들어왔네.'

표적지 뒤에는 도탄이 발생하지 않기 위해 흙이 잔뜩 쌓여 있다.

그렇기에 총알이 지나가면 자연스럽게 표적지 근처에서 흙이 튀기 마련인데 한현수는 사격하는 내내 흙이 튀어 오르지 않았다.

그때, 6사로 조교가 손을 들었다.

"중대장님?"

"어, 왜."

"구멍이 6개입니다."

"뭐?"

그 말에 정우진이 조교들을 살폈고 대한과 눈이 마주쳤다.

"사로 복귀해서 말씀드리겠습니다!"

"그래."

정우진은 대한의 말에 한숨을 내쉬었고 그 모습을 본 대한이 한현수에게 말했다.

"장난치시면 안 됩니다. 마지막 경고입니다."

"아우, 장난친 건 아닌데 어제 원티드를 너무 감명 깊게 봐서 그런가? 담엔 잘 쏴 볼게요."

원티드는 지랄.

대한은 속으로 한숨을 내쉬며 정우진에게 다가갔고 그 모습을 본 정우진이 마이크를 끄며 목소리를 낮췄다.

　"뭐야?"

　"격발 직전에 조준을 틀어 옆 사로로 쏜 것 같습니다. 일부러 장난치는 것 같은데 더 강하게 통제하겠습니다."

　"조용히 넘어가려고 얼차려 주고 시작했건만…… 통제할 수 있겠어?"

　"예, 할 수 있습니다."

　"좋아. 한번 해 봐."

　1조에서 얼차려를 부여한 건 이러한 사태를 미리 방지하기 위함이었다.

　하지만 아무리 예방해도 사고 칠 놈은 사고 치는 법.

　한현수가 그 예였다.

　대한이 사로에 돌아와 다시 한현수 옆에 무릎앉아 자세로 앉은 뒤 말했다.

　"현역 때 상당하셨겠습니다."

　"소대원들이 얘기해 줬나 보네. 왜요? 소대장님은 재미없었어요?"

　"예, 딱히."

　"에이, 재미를 모르시는 분이네."

　그때였다.

　"충성!"

밑에서 우렁찬 경례 소리가 들려왔다.

박희재와 권민철이 나타난 것이다.

권민철이 박희재에게 말했다.

"사격을 이미 시작했나 봅니다."

"현역이랑 똑같이 진행하는 거지 뭐, 예비군이라고 달리 진행할 것 같나?"

"제대로 된 평가를 위해선 처음부터 봤어야 하는데…… 선배님이랑 괜히 같이 다닌 것 같습니다."

"에이, 권 후배 정도면 지금 봐도 충분하지 않나? 그리고 평가관이 왔는데 지휘관이 옆에 따라다니는 건 당연한 거지."

그 말에 권민철이 굳어진 표정으로 딱 잘라 말했다.

"충분해도 최선을 다해 봐야 합니다. 그래야 잘못된 걸 바로잡아 주지 않겠습니까. 그러니 이제부터라도 선배님이 절 따라다니실 필요는 없으실 것 같습니다."

권민철의 단호함에 박희재는 그만 입을 다물었다.

'단호한 자식, 덕분에 이젠 방해도 못 하겠네.'

저렇게까지 말하는데 어떻게 따라다닐 수 있을까?

이제 믿을 건 대대 간부들뿐.

정우진은 영점 사격장으로 올라오는 박희재에게 소리 없이 경례했고 박희재는 눈을 찡긋거리는 것으로 경례를 받아 주었다. 그 모습에 정우진도 가볍게 미소를 지으며 다시 통제를 시작했다.

"탄알집 인계."

"탄알집 인계! 좌상탄 3발 이상 무!"

"탄알집 결합."

"탄알집 결합!"

잠시 멈췄던 통제에 분위기가 어수선 할 법도 했지만 조교들이 긴장을 놓고 있지 않았기에 엄격한 분위기는 계속 유지되었다.

그러나 단 한 사로.

대한이 통제하는 5사로는 제외였다.

"……복명복창 안 합니까?"

"아, 거 씹. 그냥 좀 넘어갑시다."

한현수의 귀찮은 듯한 말투가 순간 대한의 신경을 확 긁었다.

'이 새끼가 대대장님 오시니까 갑자기 지랄이네.'

하지만 참아야 했다.

대대장뿐만 아니라 평가관도 함께 왔으니 가급적이면 조용히 넘어가는 게 좋았으니까.

대한이 화를 삼키며 말했다.

"알겠습니다. 사격만 잘해 주십쇼."

"암요. 암요~."

그리고 사격이 시작되었다.

"준비된 사수로부터 사격 개시."

총성이 사격장 전체를 울리기 시작했고 조교들의 총알을 세던 손가락들이 순식간에 접혀 갔다.

그러나 단 한 사람.

"사수, 한 발 남았습니다."

대한의 손가락은 모두 접히지 못했다.

그때, 한현수가 장난기 가득한 얼굴로 어색하게 연기하기 시작했다.

"어라? 이게 왜 이러지? 갑자기 총이 안 나가는데요?"

"장난치시면 안 됩니다."

"장난은 무슨 장난? 진짜 안 나간다니까?"

"그럼 기능 고장인지 한번 확인해 보십쇼."

"아니, 이게 안 나가는데…… 이게 갑자기 왜 이러지?"

"후…… 그럼 제가 한번 보겠습니다."

안 나가긴 개뿔.

표정만 봐도 일부러 저러는 것이라는 걸 누구나 알 수 있었다. 하지만 어찌 무시하랴.

대한이 한숨을 쉬며 총을 받으려던 그때.

"이상하다? 이게 왜 안 나갈까? 소대장님, 이것 좀 봐요, 이게 좀 이상한 것 같지 않아요?"

한현수가 장난스러운 표정으로 총구를 돌렸다.

그 순간, 5사로를 지켜보고 있던 모든 사람들의 뇌가 정지했고 뒤늦게 사태의 심각성을 깨달은 정우진이 다급히 마이크에 대고 외쳤다.

"5사로! 총구 돌리지 마……."

"어, 어!"

"저거 지금 뭐 하는……."

그 순간.

콰앙!

대한이 잽싸게 몸을 날려 한현수의 얼굴을 바닥에 꽂아 버렸다.

대한이 그 어느 때보다도 분노한 목소리로 말했다.

"내가 장난치지 말랬지?"

"놔! 씨발! 씨발, 이거 놓으라고!"

얼굴이 바닥에 처박힌 한현수가 발악한다.

그러나 대한은 남은 한손으로 총을 빼앗아 저 멀리 밀어 버렸다. 그런 다음 고개를 돌려 정우진에게 물었다.

"중대장님, 이 인원 퇴소 조치해도 되겠습니까?"

순식간에 벌어진 일이었다.

게다가 좀처럼 보기 드문 광경이기도 했고.

그도 그럴 게 현역 나온 놈들 중에 사격장에서 총구 돌리는 새끼가 있을 거라고는 대부분 생각을 안 하니까.

그래서일까?

당황한 정우진이 바로 대답해 주지 못했다.

그러자 다른 곳에서 대답이 나왔다.

"저런 정신 나간 새끼를 봤나! 저 새끼 바로 퇴소시켜!"

대신 대답해 준 이.

다름 아닌 박희재였다.

박희재는 당장이라도 한현수에게 달려들 것처럼 씩씩댔는데 아마 옆에 권민철이 없었다면 당장이라도 달려들어 전투화로 한현수를 밟아 버릴 기세였다.

박희재의 고함에 그제야 정신 차린 정우진이 황급히 통제 명령을 내렸다.

"전체 대기."

그런 다음 바로 대한이 밀어 버린 총을 주워 남은 잔탄을 순식간에 빼 버렸다.

팅!

실탄 한 발이 사격장 바닥으로 떨어진다.

정우진은 총기 안전 검사까지 끝낸 뒤에야 대한에게 총을 주었다.

"내려가서 퇴소 조치해."

"예, 알겠습니다."

"1중대장한테는 내가 전화할 테니 행정반으로 바로 가면 된다."

"예, 중대장님. 감사합니다."

대한은 받은 총기를 어깨에 멘 후 그대로 한현수를 일으켰다. 그러나 한현수의 저항이 거칠다.

"놔! 씨발 놓으라고!"

이 새끼는 자기가 무슨 잘못을 했는지 모르나?

대한이 다시 한번 경고했다.

"당신 여기서 자꾸 성질부리면 진짜 맞을 수도 있어."

"뭐? 이 새끼가 미쳤나, 감히 군바리 새끼가 민간인을 쳐? 야, 미쳤나? 내가 이대로 가만히 있을 것 같아?"

그러나 그 말이 기폭제가 된 듯 한현수가 폭주하기 시작했다. 그런데 한현수의 말을 들은 누군가도 동시에 폭주하기 시작했다.

"뭣? 군바리 새끼? 이 새파랗게 어린 노무 새끼가 뭐라고? 대가리에 피도 안 마른 새끼! 너 일로 와! 이리 와!"

다름 아닌 박희재였다.

그에 옆에서 보고 있던 권민철이 당황하며 박희재를 말리기 시작했다.

"서, 선배님! 애들 보는데 왜 이러십니까!"

"놔 봐 좀! 저 새끼가 뭘 잘했다고 지랄이야, 지랄이! 너 이리 안 와?"

"참으십쇼, 선배님! 중대장!"

혼자로는 역부족이었는지 권민철이 정우진에게 도움을 요청하자 사태의 심각성을 인지한 정우진이 박희재에게 달려가며 대한에게 외쳤다.

"야! 빨리 끌고 내려가!"

"예, 알겠습니다!"

장관이었다.

한현수는 퇴소 조치라는 말에 미쳤는지 진짜로 박희재에게 다가가려 했고 그 모습을 본 대한이 한현수의 뒷덜미를 끌어당기며 살벌한 목소리로 경고했다.

"야, 적당히 안 해?"

"뭐 이 새끼야?"

"우리가 너 무서워서 이러는 줄 알아? 너 저기 가면 진짜 죽어."

"뭐가 어째?"

"내가 지금 구라 치는 것 같아? 우리 대대장님 이번이 전역 전 마지막 군 생활이셔. 근데 너 같은 폐급 새끼 하나 어쩐다고 신경이나 쓰실 것 같아?"

현실적인 조언에 한현수는 자기도 모르게 마른침을 꿀꺽 삼켰다.

사실이긴 했다.

아무리 박희재가 늙었어도 근력 운동이라고는 한 번 안 해봤을 이 비리비리한 놈한테 밀릴 정도는 아니었으니까.

또 이번이 마지막 군 생활이라는 양반한테 민원 신고 같은 게 먹힐 리도 없었고.

대한은 잠잠해진 한현수를 데리고 사격장을 벗어났고 얼마 뒤, 그제야 화가 좀 가라앉은 박희재가 자리에 앉으며 말했다.

"하…… 나 물 좀 줘라."

"예, 알겠습니다!"

"1중대장한테 연락했냐?"

"지금 바로 연락하겠습니다."

"그래, 바로 연락 줘라. 굳이 대한이가 설명 안 해도 되도록."

"예, 알겠습니다."

그 말에 정우진이 전화를 하기 위해 자리를 비우자 곁을 지키고 있던 권민철에게 물었다.

"평가관."

"아, 예. 대대장님."

"우리 부대 사격 통제 어떤가?"

권민철은 순간 자신의 귀를 의심했다.

이런 상황에서 평가를 물어보다니.

좀…….

아니, 많이 어이가 없었다.

하지만 대답 못 할 건 또 없었다.

그 황당함에, 권민철이 피식 웃음을 터뜨리며 말했다.

"제가 본 것 중에 가장 완벽한 대처였습니다."

"그치?"

"예, 특히 그 친구 물건인 것 같습니다."

그 말에 박희재도 큭큭 웃는다.

그놈.

물건이라면 물건이었으니까.

✳

명령을 받은 정우진은 곧장 이영훈에게 전화를 걸었다.

―충성! 선배님, 전화 받았습니다.

"어, 영훈아. 사격장 올라오고 있나?"

―예, 준비 다 해서 올라가는 중입니다.

"미안한데 다시 좀 내려가 줘야겠다. 지금 대한이가 예비군 하나 데리고 내려갔거든? 그놈 좀 퇴소 조치시켜라."

―퇴소 말씀이십니까? 들어온 지 얼마나 됐다고 벌써 퇴소 인원이…….

"대대장님 지시 사항이야. 그러니까 그것만 처리하고 올라와."

―아, 예! 알겠습니다!

"그래, 좀 있다 보자."

―예, 충성!

정우진은 긴 설명 대신 대대장으로 설명을 끝냈다. 그럼 그런가 보다 하고 일을 처리할 테니까.

통화를 끝낸 뒤, 정우진이 한동안 휴대폰을 응시했다.

'이영훈, 부러운 자식.'

아까는 정신이 없어서 미처 생각 못 했는데 사태가 어느 정도

소강되고 난 지금 뒤늦게 이영훈이 부럽게 느껴졌다.

대한 때문이었다.

그러나 이미 신임 소대장들은 배치됐고 아쉬운 마음은 접을 수밖에.

정우진이 다시 사격장에 돌아오자 박희재가 떠날 채비를 하고 있었다.

"대대장님, 벌써 내려가십니까?"

"그래야지. 지휘관이 계속 현장에 있는 것도 밑에 애들한테 부담이잖나."

그 말에 권민철이 말했다.

"그럼 저랑 같이 내려가시죠."

"권 후배도 내려오게? 평가는 어쩌고?"

그 말에 권민철이 희미하게 웃으며 대답했다.

"사격은 더 이상 안 봐도 될 것 같습니다."

"그래? 하긴 우리 부대만큼 잘하는데가 또 어딨다고, 하핫."

흡족함에 박희재가 쾌활히 웃는다.

그에 기세를 더해 뒷말을 덧붙였다.

"그나저나 오랜만에 화를 냈더니 뒷골이 다 당기네. 오늘 같은 날은 술이라도 한잔하면서 풀어야 하는 건데 말이야."

"동원 훈련 때문에 퇴근도 못 하시는데 술은 무슨 술입니까."

"크흠, 거 권 후배. 말이 그렇다는 거지. 말이."

"아, 예."

공과 사가 철저한 권민철이었다.

＊

박희재가 내려가고 사격이 재개됐다.

대한은 그 사이 한현수를 데리고 중대로 복귀했는데 이제는 자신에게 덤벼들려는 박희재가 안 보여서일까?

잠잠할 줄 알았던 한현수는 얼마 못 가 다시 발광하기 시작했다.

"아, 씨발 좀 놓으라고! 내가 알아서 간다고! 군인이 민간인한테 뭐 하는 짓거리야!"

무시하는 것도 한두 번이지.

그 말에 대한은 눈살을 좁혔다.

그러더니 주변을 한번 둘러본 후 잡고 있던 팔을 놔주며 말했다.

"네가 왜 민간인이야?"

"뭐?"

"네가 왜 민간이냐고, 여기가 사회야? 군 생활 안 해 봤어?"

"뭐? 너 지금 그게 무슨……."

대한은 대답 대신 조용히 한현수를 노려봤다.

그 기세가 얼마나 살벌한지 한현수는 결국 대한의 눈을 피할 수밖에 없었다.

하지만 끝까지 자존심은 부리고 싶었던지 기어 들어갈 듯한 목소리로 뒷말을 덧붙였다.

"너 이 새끼…… 이름이 김대한? 나가면 내가 무조건 민원 넣는다. 대대장 그 새끼랑 꼭 같이 넣는다, 내가."

장기 할 것도 아닌데 민원을 넣든 말든 무슨 상관이람?

심지어 박희재는 이번에 전역하는데 아까 해 준 말은 귓등으로 들었나?

대한은 좀처럼 기세가 꺾이지 않는 한현수를 어찌 하면 좋을까 싶다가 지금 그 방법을 쓰기로 했다.

'원래는 훈련 중에 살살 겁줘 가며 통제할 생각이었는데…….'

이젠 훈련이고 뭐고 퇴소하게 됐으니 지금 말고는 기회가 없을 것 같았다.

대한이 말했다.

"야, 현수야."

"무, 뭐? 현수? 현수야?"

갑작스러운 반말에 한현수의 눈깔이 다시 뒤집히기 시작한다. 그러나 대한은 눈 하나 깜짝 하지 않고 말을 이어 나갔다.

"넌 교육자 집안에서 태어나서 부끄럽지도 않냐?"

"……뭐?"

"너네 아버지 교육감 준비하시는 걸로 알고 있는데 네가 이 따위로 행동해서 되겠어?"

"그, 그걸 어떻게……?"

호부견자(虎父犬子)라는 말이 있다.

뛰어난 부모 밑에 못난 자식이 나온다는 말인데 한현수가 딱 그 케이스였다.

스펙도 인성도 변변찮은 한현수에 비해 그의 아버지는 훗날 교육감에 당선되게 되는데 뉴스를 보다가 우연히 알게 된 사실로 그 당시 얼마나 어이가 없었는지 모른다.

그리고 결정적으로 한현수는…….

'아버지를 몹시 무서워하지.'

아마 아들 놈 때문에 교육감 준비에 잡음이라도 생긴다면 아마 골프채가 부러질 때까지 맞을지도 모른다.

대한이 여전히 딱딱한 표정으로 말했다.

"너 이 부대 나왔다며? 그럼 알 만한 사람들은 다 알 텐데 넌 대체 무슨 깡으로 그따위로 행동하고 다니냐?"

"내, 내가 뭘?"

"입 닥치고 찌그러져 있어. 안 그럼 오늘 있었던 일, 니네 아버지 출마할 때 인터넷이고 교육청 앞이고 허구한 날 뿌릴 거니까. 그럼 너네 아버지가 참 좋아하시겠다, 그치?"

"……."

그제야 조용해지는 한현수.

녀석, 이제야 좀 볼만하네.

그때였다.

"현수 아냐?"

낯익은 목소리.

박태록이었다.

담배를 피우러 나오던 길에 박태록이 두 사람을 우연히 발견한 것.

박태록의 등장에 한현수가 화들짝 놀란다.

"보, 보급관님?"

"네가 왜 여기 있어?"

의아한 얼굴로 가까이 다가오는 박태록에게 대한이 설명했다.

"대대장님 지시 사항으로 퇴소 조치를 위해 행정반으로 가던 중이었습니다."

"퇴소 조치? 퇴소 인원 생겼다더니 그게 너야?"

"저, 그, 그, 그게……."

"게다가 자진 퇴소라니? 너 대체 무슨 짓거리를 했길래 대대장님이 널 퇴소 조치시켜?"

당황하는 한현수.

그 모습이 마치 아까 아버지 얘기할 때만큼이나 두려워 보였다.

그래서 이번에도 대한이 대신 대답했다.

"한현수 씨는 영점 사격 도중 실탄이 장전된 채로 사람에게 총구를 돌렸습니다."

"뭐……?"

그 순간.

박태록의 얼굴에 살기가 일었다.

마치 벌레 보는 듯한 그 눈빛은 전생에 대한이 대형 사고를 쳤을 때나 볼 수 있던 그런 눈빛이었다.

"그뿐만이 아니라 사격 통제관과 대대장님께 욕설하며 난동을 피워 대대장님이 직접 퇴소를 지시하셨습니다."

"하……."

그 말에 박태록은 마른세수를 하며 한숨을 푹 내쉬었다. 그러더니 시선을 한현수에게 고정하며 말했다.

"소대장님, 이놈은 제가 알아서 처리하겠습니다."

"예, 행정반으로 인계해 주시면 감사하겠습니다. 이건 예비군 총기입니다."

"고생하셨습니다. 소대장님."

이윽고 박태록의 시선이 한현수에게로 옮겨졌다.

"야, 한현수."

"……예, 보급관님."

"너 내가 조용히 살라고 안 했냐? 네 아버지 보기가 부끄럽지도 않아?"

아.

왜 저렇게 보급관을 무서워하나 했더니 아버지 때문이었구만.

쯧.

이럴 줄 알았음 진작에 아버지 이름 팔아서 통제하는 건데.

그러나 물은 이미 엎질러졌고 이건 이것대로 나쁘지 않다고 생각했다.

대한이 콧노래를 흥얼거리며 다시 사격장으로 복귀한다.

"그게 말이 된다고 생각해!"

주둔지를 울릴 정도로 큰 박태록의 고함을 배경음악 삼으면서 말이다.

✳

큰 사건이 있은 직후라 그런지 오후 훈련은 생각보다 더 조용히 마무리됐다.

석식이 끝난 후는 더 조용했다.

휴대폰이 불출됐기 때문이다.

'애기들도 아니고 뭔 휴대폰만 쥐면 저리 조용해지냐.'

심지어 다들 보조 배터리까지 넉넉하게 들고 온 터라 특별한 일이 없다면 평화는 지속될 것으로 보였다.

한편.

"대한아, 넌 진짜 내 1번이다."

뒤늦게 소식을 접한 이영훈이 함께 식사하는 내내 대한을 칭찬했다.

듣자 하니 한현수 건으로 박희재가 또 대한을 칭찬한 모양.

기분은 좋았다.

칭찬은 언제 들어도 기분 좋은 것이었으니까.

식사를 마친 두 사람은 동원 막사 옆에 설치된 컨테이너로 향했다.

훈련 기간 동안은 이곳이 행정반으로 쓰였는데 컨테이너 문을 열자 먼저 온 박태록이 두 사람을 맞이했다.

"다들 식사는 잘 하고 오셨습니까?"

"예, 보급관님. 예비군들은 통제 잘 따르고 있습니까?"

"휴대폰 덕분에 다들 아주 순한 양입니다."

"그것 참 다행입니다."

이영훈이 구석에 놓인 캠핑 의자를 끌어와 앉으며 말했다.

"이제 청소 통제하고 점호만 하면 끝이구만."

"시간 맞춰서 예비군들 통제하겠습니다."

"어, 그래. 다른 소대장들은?"

"아까 2소대장은 본인 자리 좀 정리하겠다며 갔고, 3소대장은 예비군들이랑 이야기 중인 걸 봤습니다."

"그래도 다들 한 번씩 해 봤다고 잘하고들 있구만."

군대 훈련들이 다 그렇겠지만 막상 해 보면 어려운 건 없다. 특히 한번 해 본 훈련이라면 더더욱이.

그런 의미에서 중대 간부들은 대한을 제외하면 모두 다 유경험자였다.

이영훈이 신기하다는 듯이 말했다.

"야, 넌 근데 동원 훈련도 이번이 처음이면서 왜 이렇게 자연스럽냐?"

"중대장님께 잘 배워서 그런 것 같습니다."

"이 자식 이빨 터는 건 진짜…… 근데 보급관님, 대한이는 진짜 뭔가 군 생활 2회차 같지 않습니까?"

"사실 저도 좀 그렇게 느끼고 있긴 합니다. 아무리 센스가 넘치신다고는 하지만 그래도 처음 하는 훈련인데 꼭 몇 번은 해본 사람처럼 능숙하시니……."

그 말에 대한이 어색하게 웃었다.

하하.

2회차 맞습니다.

하지만 못 하고 욕먹을 바엔 차라리 이런 의심을 받는 게 훨씬 더 낫다고 생각했다.

박태록의 말에 이영훈이 고개를 끄덕였다.

"뭐, 어쨌든 잘하면 됐지요. 그보다 대한아 너도 동원 막사 가서 예비군들이랑 좀 놀아라. 내일 철야 훈련까지 해야 하는데 지금 좀 미리 친해져 놔야 훈련할 때 편할 거야."

"예, 알겠습니다. 그럼 다녀오겠습니다."

안 그래도 슬슬 가 볼 참이었는데 잘 됐다.

대한은 바로 컨테이너에서 나와 동원 막사로 향했다.

대한이 막사로 들어간 순간이었다.

"이야, 소대장님. 아까 죽였습니다."

박정구였다.

다들 휴대폰 하느라 바쁜 와중에 박정구만 유일하게 대한에게 알은체를 한 것.

그러자 예비군들의 시선이 하나둘 대한에게로 향했고 대한이 어색하게 웃으며 인사를 하자 분위기를 읽은 박정구가 자리에서 벌떡 일어나더니 조교에게 손짓하기 시작했다.

"조교야, 잠만 일로 와 봐라."

"예, 선배님."

조교는 옥지성이었다.

옥지성은 아무것도 모르는 표정으로 박정구에게 다가갔는데 그래선 안 됐다.

옥지성이 오자마자 박정구가 옥지성을 한현수 삼아 아까 사격장에서 있었던 대한의 제압 장면을 재현했기 때문.

"아까 그 폐급 아저씨가 총구를 삭 돌리자마자 일케 마 딱! 머리를 딱!"

"아, 선배님! 진짜 아픕니다!"

"아프기는 뭐가 아프노! 내가 장난하지 말라고 했제?"

두 사람의 대화에 예비군들이 키득대기 시작했다.

대한도 그 모습을 보고 있으니 민망하긴 했지만 사실 좀 웃겨서 같이 키득댔다.

'이런 분위기도 괜찮지.'

돌이켜 보면 첫 동원 훈련 땐 하루 종일 털리기만 해서 이런 분위기를 즐기긴커녕 구석에서 혼자 줄담배만 푹푹 피웠다.

대한이 예비군들과 한참 섞여 웃던 끝에 박정구에게 말했다.

"정구 씨, 혹시 담배 하세요?"

"당연히 태우지예."

"그럼 한 대 하시죠."

"아, 좋지예. 갑시다."

흡연장으로 나오자 박정구가 자연스럽게 대한에게 담배를 권했다.

그러나 대한은 손을 내저으며 말했다.

"전 담배 안 피웁니다."

"에? 군인이 담배를 안 피우는 게 말이 됩니까? 아니 근데 담배도 안 하시면서 그럼 저 보고 담배 피우러 나가자는 말은 왜 하신 겁니까?"

"슬슬 제 얼굴이 뜨거워서 그랬습니다. 뭐, 어쨌든 혼자 피우시는 것보단 훨씬 좋지 않습니까?"

"아 뭐, 그거야 그렇긴 하지만……."

박정구가 연기 한 모금을 걸쭉하게 빨아들이고 뱉으며 말을 이었다.

"볼수록 참 재미있는 양반일세…… 근데 듣기로는 신임 소대장이라 카던데 그럼 스물네 살 아입니까?"

"예, 맞습니다."

"와, 생긴 것 빼고는 완전 내 또랜데."

"올해 나이가 어떻게 되십니까?"

"올해로 서른하납니다."

"군대를 좀 늦게 갔다 오셨나 보네요?"

"먹고살라고 이것저것 좀 하다 보이 늦었습니다. 근데 이 나이 먹고 이래 빼이칠 줄 알았으면 좀 빨리 갈 걸 그랬습니다."

그 말에 대한이 픽 웃으며 박정구에게 물었다.

슬슬 박정구를 불러낸 이유에 대해 말할 때가 됐기 때문이다.

"그래서, 요즘엔 좀 먹고 살 만하십니까?"

"그라믄요. 나이가 서른한 갠데 인제는 좀 먹고 살아야 하지 않겠습니까."

"혹시 괜찮으시면 무슨 일 하시는지 여쭤봐도 되겠습니까?"

"그기 뭐 대수라고, 밖에서 중고차 상사 하나 운영하고 있습니다."

"정구 씨가 사장이신 거예요?"

"그라믄예."

대한의 물음에 박정구가 어깨를 으쓱이며 말했다.

사실 알고 있었다.

전생에 박정구가 차 자랑을 엄청나게 해대서.

그때, 박정구가 타이밍을 놓치지 않고 은근슬쩍 영업을 시도했다.

"어떻게, 소대장님은 차 안 필요하십니까? 간부들이라면 차

한 대는 갖고 있어야 하지 않겠습니까?"

"사실 저도 슬슬 중고로 한 대 뽑아야 되지 않나 고민하고
있긴 했습니다."

"크, 우리 소대장님은 억스로 운 좋으신 겁니다. 왜냐면 이
박정구를 만났기 때문입니다."

순간, 박정구의 눈이 빛나며 품에서 명함 한 장을 꺼내 대한
에게 내밀었는데 명함에는 이렇게 적혀 있었다.

　사람을 남기자, 정구카

진짜 명함 멘트 하고는……

대한은 너무 전형적인 멘트에 순간 웃음이 날 뻔했으나 가까
스로 참고 대화를 이어 나갔다.

"그럼 정구 씨한테 사면 잘해 주시는 겁니까?"

"아, 카면요. 당연하지예. 아이고 고객님, 맡겨만 주십시오.
저희 정구카는 이익보단 사람을 남기고자 합니다."

"안 그래도 슬슬 딜러 알아보려고 했는데…… 그럼 저랑 거
래 하나 하시지 않겠습니까?"

"거래요?"

"이번에 정구 씨가 예비군들 통제만 잘해 주시면 제가 진짜
한 대 팔아 드릴게요."

차 한 대 팔아 준다는 말에 박정구의 눈빛이 아까보다 더 번

뜩였다.

빈말이 아니었다.

실제로 박정구는 예비군에 올 때마다 사람들을 휘어잡는 카리스마가 있었으니까.

또 슬슬 대한도 차 한 대 뽑을까 고민하고 있던 차였기도 하고.

그러니 마침 시기가 잘 맞아떨어진 셈.

박정구가 눈빛을 빛내며 되물었다.

"정말요?"

"제가 거짓말을 왜 하겠습니까? 어떻게, 콜?"

"아, 저는 좋지요. 이래 되면 열과 성을 다해 통제하지 않겠습니까. 제가 통제 쪽으로는 어렸을 때부터 별명이 플란다스의 개였습니다. 그 목장에서 양떼 치는."

"플란다스의 개는 우유 수레 끌다 마지막에 얼어 죽는 개 아닙니까?"

"아, 개가 다 똑같은 개지 않겠습니까? 그보다 이래 놓고 모른 척 하시면 안 됩니다, 소대장님?"

"하하, 물론이죠."

"근데 소대장님, 차 정말 괜찮으시겠습니까? 이게 차라는 게 살 때보다 유지하는 게 더 힘든 게 찬데 제가 알기로 소대장 월급이 그리 넉넉지 않은 걸로 알고 있습니다."

역시.

생긴 거나 말투에 비해 박정구는 심성 자체는 착한 사람이 맞았다.

그게 아니었음 딜러치고 이런 말하기가 쉽진 않았으니까.

그에 대한이 씩 웃으며 말했다.

"저 집 잘 삽니다. 그런 걱정은 안 하셔도 됩니다."

"이야, 우리 쏘대장님. 아까부터 생각하긴 했는데 어쩐지 귀티가 싹 나시드만 역시……."

대한은 박정구와 휴대폰 번호를 교환한 뒤 그제야 헤어졌다.

마음이 든든했다.

이제 예비군 통제 걱정은 한 시름 덜은 것이나 마찬가지였으니까.

✖

행정반으로 돌아오니 막간을 이용해 체력을 보충해 두려는지 이영훈이 자고 있었다.

옆에는 곽재훈이 무언가 열심히 작성 중이었는데 자신에게 경례하려는 걸 미리 막아 세우며 조용히 물었다.

"뭐 하고 있었나?"

"불침번 짜고 있었습니다."

"다 했던 거 아니었어?"

그 말에 곽재훈이 씁쓸하게 웃으며 말했다.

"다 해 놨었는데 퇴소자가 발생했지 않습니까."

아.

1명 빠졌구나.

괜히 미안해지네.

미안함에 대한이 곽재훈의 어깨를 주무르며 말했다.

"고생이 많다."

"아닙니다. 이 정도는 일도 아닙니다."

"하긴 일도 아니긴 하지."

"잘못 들었슴다?"

"농담이야, 그나저나 난 오늘 근무 언제냐?"

"중대장님이랑 말번 근무 서면 되십니다."

"음? 중대장님 초번도 편성되어 계시지 않냐?"

"예, 맞습니다."

부대마다 다르겠지만 통상적으로 전입 이후 2주가 지난 뒤부터 당직 근무에 투입된다.

대한은 부대에 온 지 아직 2주가 안 지났기 때문에 당직 근무에서 열외되는 것이 맞았지만……

'다 집에 못 가는 동원 훈련에서 열외는 없지.'

물론 평시에 하는 당직 근무와는 달랐다.

훈련 때는 상황 근무라고 해서 불침번처럼 당직 근무를 돌아가며 하는 것.

그래서 별로 부담은 없었다.

하지만 이영훈의 입장에선 아직 2주도 안 된 대한이 걱정되어 굳이 같이 서려는 것뿐.

그에 잠시 고민하던 대한이 말했다.

"재훈아, 말번에 중대장님 이름 좀 지워 줘라."

"예?"

"예?"

"아, 아니, 잘못 들었슴다?"

"내가 따로 말씀드릴 테니까 그냥 지워 놔. 애들이 실수로 깨울라."

"예, 알겠습니다."

대한의 지시에 곽재훈이 순식간에 근무표를 수정하자 대한이 곽재훈의 어깨를 토닥여 주며 말했다.

"다했으면 너도 얼른 가서 쉬어. 오늘 정신없었을 텐데."

"아닙니다. 소대장님이 더 고생 많으셨습니다."

"그래, 고생했다."

"예, 충성."

곽재훈이 떠나고 1시간 뒤, 이영훈이 하품과 기지개를 켜며 잠에서 깨어났다.

그런데 어두컴컴한 컨테이너를 보더니 화들짝 놀라며 시간을 물었다.

"어, 뭐야? 몇 시야?"

"20시 05분입니다. 중대장님."

"아, 놀래라…… 불 네가 껐냐?"

"예, 10분에 깨워 드리려고 했습니다."

"역시 내 1번…… 덕분에 잘 잤다. 이제 폰 거둬야지?"

"이미 보급관이 거두고 있습니다."

"크…… 이게 옳게 된 군대지. 진짜 내가 요즘 근무할 맛이
난다니까?"

"이게 다 중대장님께서 중심을 잘 잡아 주시니 가능한 일 아
니겠습니까."

그 말에 이영훈이 입꼬리를 올려 보였다.

"중심 잘 잡으라고 중대장 아니겠냐. 그나저나 예비군들 통
제 안 도와줘도 돼?"

"예, 괜찮습니다."

"그래, 직접 해 보는 게 중요하긴 하지. 그럼 가서 청소 통제
하고 불침번 교육 잘해 봐. 뭔 일 있음 연락하고. 아, 그리고 내
일 철야 훈련 있는 거 다시 한번 강조해 주고."

"예, 알겠습니다."

대한은 이영훈의 지시에 다시 막사로 발걸음을 옮기기 시작
했다.

휴대폰을 빼앗긴 예비군들이 나라 잃은 표정으로 앉아 있다.

그들을 보며 대한이 말했다.

"자, 자, 잠시만 주목해 주시기 바랍니다."

그 말에 의욕 잃은 예비군들이 고개만 슬쩍 돌려 대한을 보

았고, 대한은 그런 태도 따위는 전혀 아랑곳 않고 할 말을 이어 나갔다.

"지금부터 청소를 시작해야 되는데 여러분들에게 제안드릴 것이 하나 있습니다."

제안이라는 말에 흥미를 느낀 예비군들이 솔깃한 표정을 짓는다. 기세를 몰아 대한이 말을 이어 나갔다.

"다들 청소하기 싫으신 거 압니다. 그러니 만약 여러분들이 불침번만 잘 지켜 주신다면 여러분들이 하셔야 할 청소, 현역들에게 대신 시키겠습니다."

그 말에 예비군들의 입술이 둥글게 말렸다.

확실히 솔깃했기 때문이다.

물론 그들 중 '그럼 청소하면 불침번 빼주나?' 같은 말을 중얼이긴 했으나 당연히 못 들은 척했다.

사실 청소보다 중요한 게 바로 불침번이었으니까.

'현역들도 싫어하는 불침번을 예비군들이 퍽이나 지키겠다.'

그래서 이런 전략을 쓰는 것이다.

물론 누군가는 조삼모사 작전이 아니냐고 하겠지만 그래도 이런 식으로나마 협상하는 모습을 보여 주면 못 이기는 척 들어 주는 것이 대부분이기에.

그때, 박정구가 열렬히 환호하며 바람을 잡기 시작했다.

"아, 좋습니다. 어차피 서야 되는 불침번, 우리 소대장님 참 화끈하시네!"

역시 박정구였다.

그는 사전에 약속한 대로 최선을 다해 예비군 통제에 힘썼고 덕분에 예비군들도 하나둘씩 수긍하는 목소리를 냈다.

기세를 몰아 대한이 쐐기를 박았다.

"감사합니다. 그리고 말씀드리는 김에 한 가지 더 당부드리자면 아까 사격하시면서 보신 분들은 아시겠지만, 지금 저희 부대는 훈련 평가를 받고 있습니다. 그래서 분명 야간에도 평가관이 돌아다닐 텐데 평가관에게 욕을 해도 좋으니 꼭 불침번 자리만큼은 지켜 주셨으면 합니다. 그럼 제가 보답의 의미로 쉬는 시간을 최대한 보장드리겠습니다."

그 말에 다시 한번 박정구를 선두로 대답 소리들이 들려왔고 제법 만족스러운 반응에 대한은 입구에 불침번 근무표를 붙이며 말했다.

"그럼 다들 다음 근무자가 어디 자리인지 잘 확인하시고 점호 때 불침번 순서 외우고들 계시는지 한 번 더 확인하겠습니다. 아 그리고 내일 철야 훈련 있는 거 아시죠들?"

대한이 확인차 질문하자 예비군 하나가 손을 들었다.

"소대장님. 진짜 철야에 장간 조립교 훈련해요?"

장간 조립교.

소위, '장간'이라고 불리는 공병의 꽃이라고도 할 수 있는 훈련.

그래서 그 누구도 좋아하지 않는 훈련.

당연했다.

200㎏이 넘는 쇳덩이들을 사람 손으로 일일이 옮겨 조립해야 했으니까.

그러나 더 큰 문제는 공병 출신이라고 모두 장간 조립교를 해 보진 않았다는 것.

그 차이는 표정에서부터 확연히 차이가 났다.

장간 조립교에 대해 알고 있는 예비군들은 얼굴에 짜증이 가득한 반면, 경험해 보지 않은 예비군들은 지레 겁부터 먹고 있었으니까.

대한이 사람 좋게 웃어 보이며 말했다.

"예, 하지만 예비군분들만 하지는 않습니다. 현역들도 같이 할 테니 너무 걱정하지 않으셔도 됩니다."

그러나 그 말은 별로 위로가 되지 않았다.

어쨌든 그 무거운 쇳덩이를 들어야 한다는 사실에는 변함이 없었으니까.

대한의 말이 끝나자 곳곳에서 한숨과 불만들이 튀어나왔다.

"아니, 현역 때도 안 한 걸 시키면 어쩌자는 거야."

"하, 나 허리 아픈데……."

"아, 씹……."

이해는 됐다.

장간 조립교는 진짜 몸이 고된 훈련 중에 하나였으니까.

그러나 예비군들이 앓는 소리를 한다고 대한도 함께 앓는 소리를 낼 순 없는 법.

대한이 그들에게 심심한 위로를 전했다.

"그래도 뭐…… 원리를 생각해 보면 또 그렇게 어렵진 않습니다. 200kg을 6명이 나눠서 든다고 생각하면 되지 않겠습니까?"

물론 원리는 그렇다.

하지만 그게 어디 말처럼 쉬울까.

'결국 이런 훈련은 키 큰 사람이 손해 보는 구조니까.'

그러나 괜히 이런 말을 할 필요는 없었기에 대한은 서둘러 질문 시간을 종료했다.

"무튼 철야 훈련이 있을 예정이오니 다들 푹 쉬도록 하시고, 현역들은 잠깐 밖으로 나오도록."

이윽고 동원 막사 앞으로 소대원들이 모이자 대한이 따로 지시 사항을 전파하기 시작했다.

"말은 해 뒀지만 그래도 혹시 모르니 불침번 편성표 확인해서 같이 서는 예비군들 잘 챙겨. 평가관 올라오면 너네가 제일 먼저 크게 경례하고."

그 말에 옥지성이 이상하다는 듯 고개를 기울였다.

"밤인데도 경례합니까?"

"일종의 경보지, 누가 왔다는."

"아……."

"아는 간부 보이면 그냥 조용히 경례해."

"예, 알겠습니다."

그렇게 동원 훈련 첫날밤이 시작됐다.

그러나 평화로울 것이라는 생각도 잠시, 22시가 지나자 갑자기 시끄러워지기 시작했다.

소등을 하자마자 예비군들이 현역들에게 장기 자랑을 시킨 탓이었다.

초번 당직인 대한과 이영훈은 그 모습을 슬쩍 확인한 뒤 못 본 척 다시 돌아왔다.

저런 장기자랑은 좀 있으면 끝나기에.

그로부터 1시간 뒤.

예상대로 장기자랑이 끝나자 모두들 쥐죽은 듯 곯아떨어졌고 대한도 이영훈에게 인사를 올린 뒤 그제야 잠자리에 들 수 있었다.

그리고 04시 30분.

"……소대장님."

"어, 깼다."

"예, 고생하십쇼."

대한의 말번초 근무에 맞춰 불침번이 잠을 깨웠고 대한은 벌떡 일어나 전투화를 신었다.

'역시 젊은 게 좋긴 좋아.'

삼십줄…….

아니, 20대 후반만 되도 체력이 예전만 못 해 밤 근무가 참 힘들었는데 지금은 완전히 쌩쌩했다.

채비를 마친 대한이 조용히 방을 나섰다.

'불침번들 잘 서고 있나.'

말번초는 기상 시간까지 근무가 이어졌기에 야간에 교대하는 상황 근무에서는 가장 중요한 시간대였다.

그러니 중요도를 따졌을 땐 원칙적으로 중대장이 서는 것이 맞았지만 군대가 어디 그런 식으로 돌아가던가?

'근무는 짬순이지.'

물론 말번초도 초번 다음으로 인기 있는 시간대였지만 아무래도 철야 훈련을 앞두고는 부담스러운 것이 사실.

대한은 한 바퀴 가볍게 돌아본 후 컨테이너 문을 열었다.

"충성."

"어, 고생했다. 교대하냐?"

컨테이너 안에는 양준규가 거의 서서 잠들다시피 한 예비군 둘을 잡고 있었다.

양준규가 작은 목소리로 대답했다.

"예, 그렇습니다. 그런데 교대 신고 받아 주실 분이 없으셔서……."

"그게 무슨 말이야?"

누가 없다고?

그 말에 대한이 컨테이너 안을 확인하자 분명히 있어야 할 백종우가 보이지 않았다.

하…….

안 봐도 뻔했다.

교대 근무자가 대한인 걸 보고 그냥 들어가서 취침을 청한 모양.

대한이 고개를 내저으며 양준규에게 물었다.

"다음 근무자들은 투입했어?"

"예, 거기 가서 주무신다고 먼저 가셨습니다."

"알겠어, 복귀해."

"알겠습니다. 고생하십쇼. 충성!"

백종우 이 자식은 평가관 돌아다니는 거 뻔히 알면서도 이 지랄이라니……

그나마 다행이라면 그 사이 아무 일도 없었다는 것.

대한은 익숙하게 믹스 커피를 한잔 탄 후 의자에 등을 붙이고 앉았다.

텅 빈 컨테이너 안.

홀로 남은 공간 안에 있으니 괜히 기분이 센치해졌다.

'편하게 있다가 전역하려 했는데 어째 1회차 때보다 더 열심히 군 생활 하는 것 같단 말이지.'

하지만 이건 이것대로 나쁘지 않다고 생각했다.

예전과는 달리 요즘은 힘든 것도 없고 미래에 대한 걱정도 없었으니까.

좀 더 과장을 보태자면 오히려 행복했다.

한 번 살았던 삶을 다시 한번 살아가며 후회로 남았던 일들을 바로 잡는 중이었으니까.

'모든 직장인들이 이런 마음이겠지?'

그래서 자신에게 이런 행운이 주어졌다는 게 얼마나 다행인지 모른다.

얼마 뒤, 대한의 휴대폰 알람이 울리기 시작했고 슬슬 컨테이너 밖의 근무자들에게 지시를 내렸다.

"슬 점호 준비하자. 다 깨워라."

그런 다음 직접 이영훈을 깨우러 갔다.

"중대장님?"

"어, 씁. 근무 시간이냐?"

"말번 끝났습니다. 슬슬 일어나셔서 점호 준비하시면 됩니다."

"점호?"

그 말에 이영훈이 급히 시간을 확인했고 말번 근무가 끝난 걸 보고는 눈을 휘둥그레 뜨며 대한에게 사과했다.

"어우, 야. 미안하다. 내가 너무 깊이 잠들었었나 보다."

"아닙니다. 가뜩이나 하는 일도 많으신데 제가 일부러 안 깨웠습니다."

"뭐? 대한이 너 이 색……."

대한의 말에 짐짓 감동한 표정을 짓는 이영훈.

감동받을 만했다.

군인에게 잠은 금보다도 소중한 것이었으니.

이영훈이 전우애 가득한 표정으로 대한의 어깨를 두드려 주었고 얼른 자리에서 일어나 채비하며 말했다.

"중간에 평가관님 오셨었냐?"

"안 오셨습니다. 중대장님, 여기 커피 타 왔습니다."

"크, 커피까지 자동이라니⋯⋯ 대한아 너 진짜 장기 안 할 거냐?"

"예, 안 할 겁니다."

"생각 바뀌면 언제든지 말해야 한다잉?"

두 사람은 실없는 농담으로 잠을 깨웠고 얼마 뒤, 예비군들 통제도 할 겸 흡연장으로 이동했다.

과연.

흡연장에는 체력 부족한 예비군들이 한숨과 담배 연기를 번갈아 가며 뻑뻑 뱉고 있었다.

그 모습이 퍽 우습다.

이영훈이 웃으며 말했다.

"다들 잘들 주무셨습니까?"

그 물음에 어느 예비군 하나가 짜증 가득한 목소리로 대답했다.

"중대장님, 담부터 주무실 때 방독면이라도 좀 쓰시죠."

"무슨 일 때문에 그러십니까?"

"몰라서 물으십니까? 중대장님 코 진짜 엄청 고십니다."

그 말에 다른 피해자들도 한마디씩 거들기 시작했다.

"아, 그게 중대장님이었어요?"

"하, 누군가 했더만······."

"진짜 무슨 오토바이도 아니고."

쏟아지는 목격담에 이영훈이 어색하게 웃었다.

"하하······ 죄송합니다, 제가 어제 좀 피곤했었나 봅니다. 하하······ 다들 바로 이동하시죠?"

민망함에 얼른 화제 전환을 시도하는 이영훈이었다.

✳

사격장에 위치한 지뢰 훈련장.

대한과 조교 인원들이 예비군들을 기다리고 있다.

대한이 이곳에 먼저 와 있는 이유는 단장의 지시대로 대한이 이번 지뢰 훈련 교관으로 발탁됐기 때문이다.

물론 처음엔 다들 우려를 표했다.

아무리 단장의 지시 사항이라고는 하나 그래도 쏘가리는 쏘가리였으니까.

하지만 대한이 직접 깔끔하게 훈련 브리핑을 선보이자 그제야 다들 걱정을 거두었다.

특히 백종우가 제일 좋아했다.

원래는 백종우가 지뢰 훈련 교관이었으니까.

대한도 딱히 불만은 없었다.

예비군들 인솔하며 돌아다니는 것보단 차라리 교관이 되어 가만히 있는 게 더 낫다고 생각했기 때문이다.

그때, 망을 보던 조교 1명이 대한에게 외쳤다.

"예비군들 오고 있습니다."

"다들 준비하자."

"예, 알겠습니다."

잠시 뒤 좀비 비스무리한 사람들이 도착했다.

예비군들이었다.

그들은 훈련장에 설치돼 있는 천막을 발견하자 누가 먼저랄 것도 없이 그 밑으로 들어가 옹기종기 자리를 잡았다.

그리고 그 즉시 조교들의 부탁들이 이어졌다.

"선배님들, 탄띠 풀지 마십쇼!"

"총 챙기셔야 합니다!"

"담뱃불 붙이시면 안 됩니다!"

둘째 날이라고 해서 딱히 발전은 없었다.

한 번 예비군은 영원한 예비군이었으니까.

대한도 그 사실을 너무나도 잘 알았기에 딱히 제지하지 않았다.

대신 교육 시간이 되자마자 칼 같이 교육을 시작했다.

"슬슬 교육 시작해도 되겠습니까?"

그 물음에 박정구가 가장 먼저 큰 목소리로 대답해 주었고 분위기가 형성되자 대한이 잽싸게 교육을 시작했다.

"예, 좋습니다. 그럼 지금부터 간략히 설명드리자면 이번에 여러분들이 하실 훈련은 지뢰 탐지 훈련과 매설 훈련으로, 이 두 가지 훈련을 번갈아 가면서 하실 텐데……."

집중 안 되는 분위기.

예상했다.

그래서 바로 준비해 둔 카드를 꺼냈다.

"……만약 옆에 있는 조교들보다 더 잘하시면 반복 훈련은 생략하도록 하겠습니다."

반복 훈련의 생략.

그 말에 예비군들의 눈이 빛났고 이번에도 박정구가 제일 먼저, 가장 큰 목소리로 환호해 주었다.

분위기를 보니 이번에도 무난하게 넘어 가겠군.

그런 생각이 들려던 찰나였다.

"교관님, 인간적으로 조교들은 현역인데 어떻게 이깁니까? 그건 그냥 계속 훈련시킨단 말씀 아닙니까?"

박정구보다 더 큰 덩치를 가진 웬 거구의 예비군…… '성문호'가 손을 들기 전까진.

그러나 이 또한 예상 범위 안.

그 말에 대한이 피식 웃으며 물었다.

"자신 없으신가 봅니다?"

그 말에 성문호가 어이가 없다는 듯 되물었다.

"자신이 없다뇨?"

됐다.

걸려들었다.

대한이 미소를 유지하며 말했다.

"말이 그렇잖습니까. 짬을 드셔도 저나 조교들보다 한참은 더 드셔 놓고 왜 이제 와서 약한 척이십니까, 설마 지뢰탐지기 사용 안 해 보셨습니까?"

그 말에 성문호가 조금 발끈하며 말했다.

"사용을 안 해 보다뇨? 당연히 사용은 해 봤죠. 제 말은 현역들은 항상 이걸 만져 왔고 체력도 우리보다 더 좋아서 좀 불리한 대결이 아닌가 뭐 그런 거 아니겠습니까?"

"에이."

"에이?"

에이라는 말에 성문호가 기가 찬다는 표정.

도발은 이 정도면 충분했다.

이제는 자연스럽게 페이스를 끌어 올 차례.

대한이 말했다.

"그럼 이렇게 하시는 건 어떠십니까? 마침 시범을 한번 보여 드려야 했는데 문호 씨가 시범을 보여 주시되 만약 현역만큼 잘하시면 바로 훈련 열외시켜 드리겠습니다."

훈련 열외.

그 말에 성문호의 표정이 바뀌었다.

"정말요?"

"예, 그럼요. 현역만큼 잘하시는데 반복 훈련이 무슨 소용이 있겠습니까?"

"……약속하셨습니다?"

파격적인 조건인데 안 할 이유가 없다.

성문호가 자신감에 찬 표정으로 자리에서 일어났을 때였다.

대한이 묘하게 희한한 성문호의 복장을 보며 웃었다.

"근데 성문호 씨는 가터벨트도 아니고 탄띠를 왜 허벅지에 차고 계십니까?"

그 말에 예비군, 현역 가릴 것 없이 모두 웃음을 터트렸고 시범을 보이기 위해 일어난 성문호가 민망함에 헛기침을 했다.

"크흠, 아니 탄띠가 허리에 안 잠기는 걸 어떻게 합니까. 그렇다고 안 차고 다니면 자꾸 뭐라고 하시니까 허벅지에라도 찬 겁니다."

"하하, 잘하셨습니다. 대신 잃어버리지만 않으시면 됩니다. 저희 보급관님이 생각보다 무섭습니다."

대한은 앞으로 나온 성문호에게 지뢰탐지기를 내밀며 말했다.

"그래도 오랜만에 해 보시는 걸 텐데 먼저 한번 확인해 보시고 제가 예비군들에게 설명한 후에 성문호 씨가 시범을 보이시는 걸로 하겠습니다. 조교, 선배님 좀 알려 드려라."

"예, 알겠습니다!"

이렇게 진상 하나 자연스럽게 퇴치.

사실 진상이랄 것까진 없었지만 어쨌든 훈련을 방해할 뻔한 요소였으니 일찍이 제거했다.

뭐가 됐든 좋은 게 좋은 거라고 둥글고 원만한 해결이 제일이었으니까.

이윽고 성문호는 훈련 열외를 목표로 조교에게 열정적으로 질문하며 기억을 더듬기 시작했고, 그사이 대한은 예비군들에게 교육을 실시했다.

"PRS-17K, 지뢰탐지기로 군대의 유일한 지뢰탐지기입니다. 보급 용도는 지뢰를 탐지하기 위함이지만 아마 여기 계신 분들 중 대부분은 지뢰 대신 탄피 찾는데 사용하셨을 겁니다."

그 말에 다들 추억이 떠오르는지 피식피식 웃으며 한마디씩 거들었고 대한은 그들이 충분히 떠들 때까지 기다려 주었다.

현역들 훈련도 아닌데 빡빡하게 할 필요는 없었으니까.

뒤이어 분위기가 좀 잠잠해지자 대한이 다시 말을 이어 나갔다.

"분위기를 보니 다들 아시는 것 같아 따로 설명은 더 안 하겠습니다. 그럼 막간을 이용하여 질문, 여기 계신 분들 중 이 탐지기의 가격을 맞추시는 분은 바로 훈련에서 열외시켜 드리겠습니다."

그때, 구석에서 홀로 교육받고 있던 성문호가 불쑥 끼어들었다.

"아니, 교관님. 누군 시범으로 열외시키고 누군 퀴즈 한 방으로 열외되고 이게 맞습니까?"

"그럼 문호 씨에게 기회를 먼저 드리겠습니다."

자신에게도 기회를 줄진 몰랐는지 성문호는 잠시 고민하더니 엉성하게 대답했다.

"어…… 한 100만 원?"

"계속 시범 준비하시면 될 것 같습니다."

"더 비싸요?"

"예, 더 비쌉니다. 그것도 훨씬."

그 말에 성문호를 비롯한 예비군들 모두 놀란 표정을 지었고 대한은 그 표정이 퍽 재밌게 느껴졌다.

'보급관들이 지뢰탐지기 고장 내 오면 괜히 싫어하는 게 아니라니까.'

중대의 장비들을 운용하는 보급관 입장에서 비싼 장비들은 그들에게 있어 상당한 부담이었다.

그도 그럴 게 요청만 하면 시기에 맞춰 뚝딱 내려오는 저가의 장비들과는 달리 고가의 장비들은 금방 보급되지도 않을 뿐더러 수리를 위해 정비대에 입고시켜도 정비 시간이 굉장히 오래 걸렸기 때문이다.

그러니 보급관은 물론 훈련을 해야 하는 간부들 입장에서도 상당히 곤란할 수밖에.

그렇기에 모두에게 조심하라는 의미로 퀴즈를 가장하여 주의를 준 것.

결국 아무도 탐지기 가격을 맞추지 못했고 곧 정답을 공개하였다.

"정답은 480만 원입니다."

"와."

"저 쓰레기 같은 게 480이라고?"

"중고차 한 대 뽑겠는데?"

"어쩐지 옛날이 보급관이 지랄하더라."

"480이면 국밥이 몇 그릇이야?"

쏟아지는 감탄사에 대한이 얼른 뒷말을 덧붙였다.

"그러니 모쪼록 조심해서 사용해 주시기 바랍니다. 그럼 문호 씨, 준비 다 되셨습니까?"

"예, 대충 다 기억난 것 같습니다."

"그럼 준비된 예비군의 시범을 한번 보도록 하겠습니다."

그 물음에 성문호가 비장한 표정으로 탐지기를 들었다.

허벅지에 탄띠를 둘러메고서.

※

한편.

권민철이 지뢰 훈련장에 접근하기 시작했다.

'이 부대는 전체적으로 준비 상태가 모두 양호하군.'

말 그대로였다.

평가에 야박한 권민철의 눈에도 박희재의 부대는 준비 상태가 전체적으로 양호했다.

대대장만 제외한다면 말이다.

'어제 밤에는 진짜……'

전날 밤.

사격장서 놀란 마음이 진정 안 된다며 딱 한 잔만 마시자고 박희재가 어찌나 찡찡대던지…….

권민철은 결국 박희재로부터 도망치기 위해 전날 진행했어야 할 숙소 점검을 다음 날로 미루며 퇴영할 수밖에 없었다.

그래서 오늘은 밤에 철야 훈련이 있지만 그럼에도 숙소 점검을 진행해야 되는 상황.

모쪼록 바쁜 하루가 될 예정이었다.

이윽고 권민철이 사격장에 도착했을 때였다.

"정지, 정지. 누구세요?"

"……?"

누군가 자신에게 총구를 겨눈다.

권민철은 황당한 표정으로 자신에게 총구를 겨누는 사람을 봤다.

나무 밑에 숨어 자신에게 총구를 겨누고 있는 이.

성문호였다.

어이가 없었다.

머리나 복장 상태를 보니 예비군 같은데 훈련하고 있어야 할 예비군이 왜 훈련장이 아닌 나무 밑에 있는 거지?

그러나 그보다 더 황당한 건 그가 마치 초병처럼 자신에게 신원을 물어보고 있다는 점이었다.

당황한 권민철이 침착하게 주변을 한번 둘러보고는 성문호에게 물었다.

"그…… 훈련은 어쩌시고 여기서 뭘 하고 계신 겁니까?"

"보면 몰라요? 경계 중이잖아요. 중령씩이나 되시는 분이 그것도 모르시나. 혹시 소대장이 말한 평가관님이 그쪽입니까?"

"아, 예…… 제가 그 평가관이 맞는 것 같긴 합니다만, 그러니까 훈련하셔야 될 분이 왜 경계를 서고 계신 겁니까?"

그 말에 성문호가 인상을 찌푸렸다.

"뭐야, 아저씨 진짜 평가관 맞아요? 아니, 그전에 군인은 맞아요? 지뢰 탐지 및 매설할 때는 경계가 필수잖아요. 평가관이 그런 것도 모르시면 어떡합니까?"

허.

뭐라고?

그 말에 권민철은 순간 대꾸 할 말을 잊어버리고 말았다.

맞는 말이긴 했으니까.

권민철이 가까스로 정신을 차리며 물었다.

"교관은 어디 있습니까?"

"저쪽에 있습니다. 가 보십쇼."

성문호의 말에 권민철이 빠르게 발걸음을 옮기기 시작했다.

이게 대체 무슨 자초지종인지 듣고 싶어서였다.

"소대장님! 평가관님 오셨답니다!"

한편.

성문호가 시간을 끄는 사이 평가관이 왔다는 보고를 들은 대한은 빠르게 지시를 내리기 시작했다.

"예비군분들 담배 끄세요. 자리에 다시 위치해 주시고."

훈련은 끝난 지 오래였다.

약속대로 훈련을 잘 소화해 내면 반복 훈련은 안 시키겠다고 했으니까. 거기다 평가관이 오면 잘 좀 부탁한다는 약속 하에 자유 시간까지 부여했으니 예비군들을 통제하는 건 별로 어렵지 않았다.

또 성문호를 초병으로 세워 두었기에 작전이 실패할 거라는 생각은 조금도 하지 않았다.

이윽고 권민철이 도착했고 권민철은 놀랍게도 흐트러짐 하나 없이 훈련에 임하는 예비군들을 보고 혀를 내둘렀다.

"허…… 이럴 수가."

처음엔 예비군 훈련에 무슨 경계냐 싶었다.

그런데 흐트러짐 없는 예비군들을 보고 있으니 어쩌면 정말 필요에 의해 세워 뒀을 수도 있겠다는 생각이 들었다.

대한이 권민철에게 잽싸게 경례를 올리며 말했다.

"충성! 훈련 중 이상 없습니다."

"충성. 소대장이 교관 임무수행 중이구나?"

"예, 그렇습니다."

심지어 훈련 교관이 신임 소대장이라니…….

이미 안면이 있는 사이인 터라 권민철은 자연스럽게 미소가 지어질 수밖에 없었다.

권민철이 매우 흡족한 표정으로 물었다.

"앞에 경계를 배치해 놨던데 이유가 뭔가?"

그 물음에 대한은 미리 준비해 둔 멘트를 꺼내기 시작했다.

"예비군들이 동원되는 상황은 전시입니다. 그렇기 때문에 전시에 맞춘 상황을 조성해 보았습니다."

전시 상황이라…….

제법 신선한 발상이었다.

권민철이 입꼬리를 더 올리며 말했다.

"전시 상황이라…… 것도 맞는 말이긴 하지. 그럼 현재 상황은 정확히 어떤 상황을 조성한 건가?"

"예. 현재 상황은 적진 진입을 위해 진입로를 개척한다는 상황입니다. 그래서 경계병을 세워 두었습니다. 이런 상황에선 경계병이 필수인 것으로 알고 있기 때문입니다."

"그렇지. 아주 정확해. 소대장이 아주 제대로 배웠구먼?"

분위기가 좋다.

대한은 흐름을 이어 뒤에 있는 지뢰 탐지 훈련장을 가리키며 말했다.

"덧붙여 현재 예비군들 또한 조성된 상황에 맞춰 포복 자세로 탐지실시를 진행하고 있으며 M14 대인지뢰를 매설할 때도 포복으로 접근해 포복으로 빠져나오는 등 실전과 같은 훈련을 진행하고 있습니다."

대한의 말대로였다.

조금 전까지만 해도 드러누워 쉬고 있던 예비군들은 언제 그랬냐는 듯 방탄까지 제대로 쓴 채 포복 자세로 지뢰를 탐지하고 있었다.

그게 결정타였다.

권민철은 몸을 아끼지 않고 바닥을 뒹구는 예비군들을 보며 크게 감동을 받았다.

그동안 꽤 많은 평가를 다녔지만 이곳만큼 훈련에 열정적인 예비군들을 본 적이 없었기 때문이다.

그렇기에 권민철은 서류철을 겨드랑이에 끼고 박수를 칠 수밖에 없었다.

"완벽하다."

"감사합니다, 평가관님."

"중대장이 지시한 거냐?"

"예, 그렇습니다."

일부러 겸손을 취했다.

괜히 더 잘 보이려고 애쓸 필요는 없었으니까.

하지만 권민철은 그래서 더더욱 납득이 갔다.

이런 퀄리티들은 도저히 신임 소대장에서 나올 수가 없는 것이었기에.

그래서 더 감동했다.

"어쩐지…… 이 부대 간부들은 다들 긴장을 놓지 않고 있구 만."

"덕분에 저도 잘 배울 수 있었습니다."

"그래. 이 정도면 훌륭하다. 다른 건 더 안 봐도 되겠어. 이름 이 김대한이라고?"

"예, 그렇습니다!"

"사격장 때도 돋보이더니 앞으로도 계속 이런 마음가짐을 유지해 주길 바란다. 그럼 난 먼저 가 보겠네."

"예, 고생하십쇼. 충성!"

"충성."

그렇게 권민철은 만족감 200%로 훈련장을 떠났다.

그리고 시야에서 권민철이 완전히 사라졌을 때, 멀리서 망을 보던 조교가 목청껏 외쳤다.

"평가관님 내려가셨습니다!"

그러자 대한이 박수를 치며 예비군들을 칭찬했다.

"다들 고생하셨습니다. 다들 연기력이 아주 일품이십니다."

동시에 예비군들도 바로 그늘로 나와 다시 드러누웠다.

"어우, 힘들어 뒤지는 줄 알았네."

"난 최선을 다했다."

"아까 평가관 눈물 살짝 흘리는 것 같던데?"

"그건 악어의 눈물 아니냐?"

"아까 메소드 연기 지렸다. 나 완전 장동건 빙의해서 포복했잖아."

그렇게 모두가 만족한 지뢰 훈련이 끝나갔다.

Chapter 3

동원 훈련 2일 차라 그런지 전체적으로 다들 분위기가 좋았다.

하지만 아직 그들에겐 넘어야 할 커다란 산이 하나 있었으니 바로 오늘 밤에 진행될 철야 훈련, 장간 조립교 훈련이었다.

훈련은 석식 이후 바로 진행되었는데 다들 이 훈련을 피할 수 없다는 걸 알아서인지 조립 교장에 가는 내내 활기찼던 분위기가 축 처졌다.

하지만 피할 수 없으면 즐겨야 한다고 다들 어떻게든 이 훈련을 빨리 끝내고자 마음을 다 잡았고.

그건 대한도 마찬가지였다.

대한이 훈련을 준비하고 있는 이영훈에게 물었다.

"중대장님, 오늘 훈련 일단일중식으로 변경된 것 맞습니까?"

"그래, 대대장님께서 평가관님이랑 이야기 하고는 바꾸셨어. 근데 어찌 보면 당연한 거지, 예비군들 데리고 어떻게 2단까지 올리냐?"

"맞습니다."

대충 예상은 하고 있었지만 그래도 최후의 순간까지 방심해선 안 되는 게 바로 군대였다.

하지만 다행스럽게도 훈련은 일단일중식으로 변경되었는데.

여기서 일단일중식이란, 장간 조립교 훈련에서 사용되는 세 가지 형식 중 가장 손쉬운 형식을 말했다.

'튼튼한 건 삼단삼중식이긴 한데 전쟁 난 것도 아닌데 장비도 없이 그걸 어떻게 해.'

물론 하려면 할 순 있다.

여긴 군대니까.

하지만 유압 크레인도 없이 삼단삼중식을 하려면 200㎏이 넘는 쇳덩이를 3층까지 사람 손으로 올려야 한다.

말도 안 됐다.

평지에서 옮길 때도 6명이나 붙어서 옮기는 걸 대체 무슨 수로?

이윽고 훈련을 위한 병력 통제가 시작됐다.

"자 주목! 현역들 장선조랑 횡골조 빠져."

"예, 알겠습니다!"

훈련에 앞서 조를 편성해야 했는데 숙련도가 필요한 몇 가지 과정은 현역들이 모두 맡기로 했다.

물론 그렇다고 나머지 과정이 쉬운 건 절대 아니었다.

대표적으로 핀조가 그랬는데.

핀조는 팔뚝 굵기만 한 쇠못을 이용해 가져온 부품들을 결합하는 작업으로, 이 작업이 욕을 가장 많이 먹기 때문에 보통은 간부들이 맡아서 했다.

간부가 아니면 정신적으로 어지간히 버티기 힘든 게 바로 핀조 작업이었으니까. 그런 의미에서 대한도 핀조에 속했다. 물론 백종우도 함께 편성되었고.

'옛날 생각나네.'

처음 부대에 와서 핀조 작업을 할 때 욕을 얼마나 많이 먹었는지…….

아마 욕먹은 만큼 수명이 늘어난다면 못 해도 10년은 그때 늘어났을 것이다.

이어서 이영훈이 외쳤다.

"예비군분들 중에 장간잡이 해 보신 분 거수!"

이영훈의 말에 2명이 손을 들었고 두 사람은 자연스럽게 대열에서 빠져나갔다.

이어서 현역과 예비역들을 각각 줄 세우며 말했다.

"키 순서대로 서 주십쇼. 지금부터 장간조 편성을 시작하겠습니다."

팔뚝으로 들어야 하는 장간조였기에 6명의 키가 비슷해야 했다. 안 그러면 키 큰 사람이 있는 곳으로 무게가 쏠려 사고로 이어질 가능성이 컸으니까.

이윽고 장간조 편성이 마무리되자 훈련 전 마지막으로 전체 점검을 끝마친 뒤 이영훈이 병력들을 향해 말했다.

"자 훈련에 앞서 몇 가지만 강조하겠습니다. 사회생활로 다들 체력 안 좋으신 거 압니다. 그러니 항상 자신의 몸 상태를 체크해 가며 훈련에 임해 주시길 바라겠습니다! 특히 너무 힘들어서 진짜 못 하겠다 싶으면 저한테 말씀들 해 주시면 됩니다. 그땐 열외시켜 드리겠습니다."

그 말에 예비군들의 눈빛이 빛나기 시작했다.

안 봐도 뻔했다.

이러면 하나 들고 다들 열외하려 들겠지.

그래서 미리 대처법도 생각해 왔다.

이영훈이 말했다.

"열외라는 말에 다들 눈빛이 변하시는군요. 그럼 여기서 제안 하나 하겠습니다."

제안.

그 말에 예비군들의 눈에 또다시 흥미가 돌기 시작했고 이영훈이 이어 말하기 시작했다.

"만약 장간을 기준으로 예비군분들이 현역보다 먼저 구축에 성공하시면 오늘 불침번은 전원 다 열외시켜 드리겠습니다. 또 훈련이 끝나고 나면 라면도 제공해 드리겠습니다."

그러나 반응은 그렇게 뜨겁지 않았다.

이영훈의 말을 들은 예비군들이 수군거리기 시작했다.

"나 초번초인데 음."

"근데 불침번은 가만히 서서 졸면 되는 건데 의미가 있나?"

"난 무조건 열외."

"라면 안 먹어도 돼. 자기 전에 먹으면 얼굴 부어."

밋밋한 반응들.

그러나 이런 반응조차 미리 예상하긴 했다.

조삼모사 작전도 한두 번이지 그들은 원숭이가 아니었으니까. 그렇기에 이영훈이 준비해 온 두 번째 수를 꺼냈다.

"그리고 하나 더! 만약 예비군분들이 이기시면 오전 취침도 30분 더 보장하겠습니다."

오전 취침 30분!

그 말에 예비군들의 표정이 그제야 흡족함으로 변했다.

불침번 면제에 잠을 30분 더 잘 수 있으면 충분히 할 만 했기 때문이다.

"그럼 말이 다르지."

"아, 이제 좀 수지타산이 맞네."

"딜."

"콜."

제법 괜찮아진 반응에 이영훈도 고개를 끄덕인다.

그런 다음 근처에 있는 예비군 중대장 지수민에게 물었다.

"예비군 중대장님, 혹시 핀조 지원 필요하십니까?"

"저 혼자 해도 충분합니다."

"역시…… 알겠습니다. 그래도 혹시라도 필요하면 말씀해 주십쇼."

대답을 마친 지수민의 두 눈에 이채가 띠었다.

왜냐면 지수민은 줄곧 예비역으로서 현역들의 기를 죽여 놓고 싶었는데 그러지를 못 해서 계속 아쉬워하고 있던 참이었기 때문이다.

하지만 장간 조립교라는 기회가 찾아왔고 이번 훈련에서 선배의 위엄을 보여 주리라 마음먹었다.

한편.

그 광경을 지켜보던 대한이 이영훈을 쳐다보던 끝에 조용히 엄지를 들어 올렸고, 이영훈도 한쪽 입꼬리를 들며 손가락을 오므리는 것으로 대답을 대신했다.

그리고 곧 훈련이 시작되었다.

✳

"권 후배, 피곤한가?"

"전혀 아닙니다."

"이게 관리의 차이인가? 정말 멀쩡해 보이는구만, 하하……

그나저나 철야는 오랜만이지 않나?"

"예, 그렇습니다."

훈련이 시작되고 얼마 뒤, 식사를 마친 박희재와 권민철이 장간교립장으로 다가오기 시작했다.

권민철은 불만이 많았다.

자신은 빨리 가고 싶은데 박희재가 자꾸 말을 걸어서 교립장으로의 이동이 늦어지고 있었기 때문이다.

하지만 이 또한 박희재의 작전이었다.

어쨌든 훈련장에 늦게 도착해야 흠 잡힐 게 줄어들 테니.

그렇게 의미 없는 소모전이 한창 진행되던 끝에 두 사람은 드디어 조립장 특유의 파쇄음을 들을 수 있었다.

캉! 캉!

"조금만 더 높게 들어!"

"하나, 둘! 들어!"

역시.

훈련은 이미 한창 진행 중이었다.

권민철은 처음부터 훈련을 보지 못했다는 사실이 조금 짜증 났지만 금방 마음을 다 잡고 훈련을 살펴보기 시작했다.

그때 또다시 권민철의 눈에 희한한 광경이 포착됐다.

바로 대한이었다.

권민철이 박희재에게 물었다.

"선배님? 왜 저 소위가 핀을 치고 있는 겁니까?"

"그게 무슨 문제라도 되나?"

"선임 소대장도 있을 텐데 군이 숙련도 없는 소위가 판을 치고 있는 게 좀 이상해서 여쭤봤습니다. 여기가 인력이 모자란 부대는 아니지 않습니까?"

맞는 말이긴 했다.

보통은 신입한테 안 맡기는 작업이니까.

하지만 여기서 당황하면 하수다.

박희재가 그게 뭐 대수냐는 듯 뻔뻔스럽게 웃었다.

"권 후배가 뭘 잘 모르는군. 저 친구야 말로 교육기관에서 가장 최근까지 교범을 들여다 본 인물인데 그게 무슨 선입견 가득한 말인가?"

"그래도 교육기관에서 배운 거랑 현장에서 직접 해 보는 건 다를 텐데……."

근데 더 태클을 걸 순 없었다.

지휘관이 그렇다고 하고 실제로 신임 소위도 너무 잘해 주고 있었으니까.

"흠."

권민철은 얼마간 훈련을 더 지켜보던 끝에 또 다른 특이점을 발견할 수 있었다.

"혹시 현역과 예비군을 나눠서 하라고 지시하셨습니까?"

"특별히 지시한 건 없는데…… 그러고 보니 각자 한쪽씩 맡아서 하고 있구만."

호기심이 생긴 박희재가 이영훈을 불렀다.

"1중대장!"

"예! 대대장님!"

박희재의 부름에 이영훈을 얼른 백종우에게 현장 지휘를 맡긴 뒤 달려왔다.

"충성! 대대장님 오셨습니까!"

"어, 1중대장. 현역들이랑 예비군이랑 분리해서 하고 있나?"

"예, 그렇습니다."

"이유가 뭐지?"

"예비군들의 훈련 의지를 끌어 올리기 위함입니다."

이영훈의 대답에 박희재가 고개를 끄덕였다.

표면적인 답변이었지만 그 안에 내포된 뜻을 단번에 알아들었기 때문이다.

그러나 권민철은 아니었다.

"단순히 분리시켜 놓은 것만으로 저렇게 의지를 끌어내기가 쉽진 않았을 텐데 어떤 방법을 썼는가?"

"그게……."

그 물음에 눈치 좋은 박희재가 얼른 이영훈 대신 대답했다.

"뭐 그게 그리 중요하겠나? 뭐가 됐든 방법을 잘 썼으니 열심히 하는 게지. 일단 한번 가 보세."

덕분에 위기를 넘겼다.

하지만 권민철은 별로 납득하지 못해 다른 부분에서 다시 평가하기로 마음먹었다.

이윽고 이영훈을 비롯한 세 사람은 현역들이 있는 쪽으로 발걸음을 옮겼다.

박희재가 현역들 쪽을 턱으로 가리키며 물었다.

"병력들 쉬는 시간은 가졌나?"

"아닙니다. 쉬는 시간은 따로 부여하지 않기로 했습니다."

"엥? 우리 애들도 오랜만에 장간 하는 거 아냐? 괜찮겠어?"

"신임 소대장이 좋은 아이디어를 내서 따로 쉬는 시간을 부여하지 않아도 휴식은 잘 취하고 있는 것 같습니다."

"대한이가?"

대한의 이름이 나오자 박희재가 기대 어린 눈빛으로 되묻는다. 권민철도 마찬가지.

그에 이영훈이 자신만만한 표정으로 대답했다.

"예, 지친 인원들을 경계 병력으로 편성해 로테이션을 돌리고 있습니다."

"경계 병력이라고? 장간에 무슨 경계……."

실전이라면 당연히 해야 할 경계였지만, 평시인데다 주둔지에서 하는 훈련이었기에 당연히 경계는 생각지도 않는 게 보통.

하지만 지금은 평가관이 부대에 들어와 있는 상황.

오버를 해도 모자랐기에 박희재가 눈치껏 고개를 끄덕였다.

"……경계 중요하지. 역시 초임 소대장이라 그런지 자칫 소홀할 수 있는 부분들을 잘 캐치하는구만. 안 그런가, 권 중령?"

그 말에 권민철도 몇 시간 전에 있었던 일을 떠올리며 고개를 끄덕였다.

"예. 맞습니다. 지뢰 훈련 때도 경계병을 세워 놓더니 기본 개념이 확실하게 잡혀 있는 소대장인 것 같습니다. 저기서 지금 망치질하고 있는 소대장이 그 소대장 아닙니까?"

그 말에 모두의 시선이 한쪽으로 향했다.

그리고 그곳에는 장간 고정을 위해 망치질을 하고 있는 대한이 있었다.

그러나 대한은 그들이 보고 있는 줄도 모르고 답답함에 인상을 찌푸렸다.

오랜만에 하는 망치질이라 그런지 좀처럼 잘되지가 않았기 때문이다.

"허허, 그래도 초임은 초임인 것 같습니다. 아직 저런 망치질에도 애를 먹는 걸 보니."

그때였다.

"아씹, 못 해 먹겠네. 야, 망치 줘 봐."

대한이 곁에 있는 병사에게 손을 내밀었다.

그 손짓에 병사가 핀과 크기가 비슷한 손 망치를 건네자 대한이 손을 내저으며 한쪽 구석에 있는 오함마를 가리켰다.

"그거 말고 저거 줘."

"예. 알겠습니다."

오함마를 건네받은 대한은 자리에서 일어나 그것을 뒤로 넘기며 외쳤다.

"장간 바짝 들어!"

"들어!"

그리고.

까앙!

골프 스윙하듯 휘둘러진 오함마가 커다란 궤도를 그리더니 정확히 핀 위에 작렬했다.

"······!"

깔끔한 스윙.

그 장면을 지켜보던 권민철은 할 말을 잃었다.

좀 전에 미숙하니 뭐니 했던 말이 무색해졌기 때문이다.

놀란 건 박희재와 이영훈도 마찬가지였다.

"허······."

"와······."

솔직히 망치질은 못 할 줄 알았다.

심지어 오함마를 다루는 건 현장에서 웬만큼 다뤄 보지 않는 이상 저렇게 쉽게 성공시키긴 어려웠기 때문이다.

권민철이 민망함에 헛기침을 했다.

"험험, 운이 좋았나 봅니다."

그 순간, 대한이 연달아 소리쳤다.

"하단도 바로 가자!"

"예!"

"장간 바짝 들어!"

"들어!"

까아앙!

이번에도 작렬하는 깔끔한 정타.

처음은 우연일 수도 있다.

하지만 연달아 성공이라니?

그때부턴 실력이었다.

대한은 여전히 그들이 지켜보고 있는 줄도 모르고 시원하게 외쳤다.

"그래, 이거지!"

"와 소대장님 멋지십니다!"

"노가다 그 자체이십니다!"

"망치 나가신다!"

이후에도 대한의 오함마 스윙은 단 한 번의 실패도 없이 연달아 성공했다.

덕분에 예비군들에게 뒤쳐지고 있던 페이스를 금방 따라잡을 수 있었고 대한의 맹활약으로 병사들의 사기 또한 미친 듯이 치솟아 다들 한마음 한뜻으로 작업을 신속하게 이뤄 나갔다.

권민철은 그 신들린 작업 현장을 멍하니 지켜보던 끝에 진한 감동을 갈무리하며 박희재에게 말했다.

"……철야가 생각보다 빨리 끝날 것 같습니다."

"권 중령도 그래 보이나?"

"이 정도일 줄 알았으면 일단이 아니라 이단이중식이었어도 됐을 것 같습니다."

"하하, 아무리 그래도 장비도 없이 그랬다간 상급 부대에서 위험하다고 난리치지."

그때였다.

"아악!"

열띤 작업 현장 사이로 누군가의 비명이 울렸다.

다름 아닌 예비군 중대장, 지수민이었다.

지수민이 손가락을 감싸 쥐고 구르자 놀란 박희재가 대번에 뛰어나갔다.

"뭐야! 무슨 일이야!"

확인해 보니 망치로 자기 손을 내려찍은 모양.

"의무! 빨리 안 뛰어와!"

박희재의 외침에 차에서 편하게 대기하던 의무 부사관이 헐레벌떡 뛰어와 지수민의 손을 살피기 시작했다.

"……다행히 부러지거나 금 간 건 아닌 것 같습니다. 손가락 한번 움직여 보시겠습니까?"

그 요청에 지수민이 얼굴을 붉히며 웅얼이듯 말했다.

"그, 그냥 소독하고 붕대나 감아 주세요."

"그래도 혹시 모르니……."

"아, 괜찮대도요!"

쪽팔렸다.

얼굴이 터질 것 같았다.

자기 페이스대로 했어야 했는데 대한의 활약을 보고 마음이 조급해진 나머지 벌어진 실수였다.

손톱이 깨지고 피가 흘렸지만 뼈에는 이상이 없었다.

확인은 안 해 봐도 됐다.

본인의 몸 상태는 본인이 제일 잘 알았고 현역 때도 비슷한 경험이 많았기 때문이다.

남은 건 오기뿐.

그래서 붕대를 감자마자 다시 핀을 잡으며 말했다.

"전 괜찮으니까 훈련 다시 시작하시죠."

그 말에 이영훈이 지수민을 말렸다.

"선배님, 부상도 입으셨는데 그냥 쉬시는 게 어떻겠습니까?"

"아, 괜찮습니다. 열외는 무슨 열외. 겨우 이 정도로 안 죽습니다."

"그래도 출혈이 있으시지 않습니까, 선배님의 의지는 잘 알겠으나 아무래도 부상자가 끼어 있으면 지휘 부담이 생겨서 그렇습니다. 선배님도 이런 상황을 겪어 보셔서 잘 알고 계시지 않습니까?"

구구절절 맞는 말들뿐이라 반박할 수가 없었다.

하지만 그래서 더더욱 오기가 생겼다.

여기서 빠졌다간 자신은 신임 소대장보다도 훈련 못 하는 머저리처럼 보일 테니.

지수민의 얼굴이 터질 듯 붉어졌을 때였다.

멀찍이 상황을 지켜보던 대한이 슬쩍 다가와 지수민에게 조용히 소곤거렸다.

"선배님. 이참에 현역들 기 좀 살려 주십쇼. 현재 작업 속도로 미루어 보건데 선배님이 계속 훈련에 참여하시면 현역들이 무조건 질 것 같습니다. 예비역 쪽은 제가 투입할 테니 모쪼록 조금만 쉬고 계시면 안 되겠습니까? 이렇게 부탁드리겠습니다."

그 말에 지수민의 눈이 일순 커졌다가 줄었다.

그도 그럴 게 한마디도 지지 않던 놈이 갑자기 숙이고 들어왔으니까.

"흠흠, 그럴까?"

딴 놈도 아니고 거슬렸던 놈이 이러는데…….

흠흠.

이 정도면 명분은 충분했다.

사실 지수민도 현역 시절, 이 정도로 손을 다치면 훈련에서 바로 빠졌던 터라 사실은 빠지고 싶었기 때문이다.

지수민의 기세가 한풀 꺾이자 대한이 싱긋 웃으며 말했다.

"예, 모쪼록 부탁드리겠습니다."

"네가 그렇게까지 말한다면야 뭐…… 알겠다, 대신 이번만이야?"

"예, 감사합니다. 선배님."

이윽고 지수민이 뒤로 빠지기 시작했고 그 모습을 지켜보던 이영훈이 슬쩍 다가와 물었다.

"뭘 어떻게 했길래 갑자기 순한 양이 됐냐?"

"그냥 현역들 가오 좀 살려 달라고 했습니다."

"어쩐지."

대한의 대답에 이영훈이 조용히 엄지를 들어 보인다.

그 틈에 대한이 얼른 뒷말을 덧붙였다.

"중대장님, 그럼 혹시 예비군 핀은 제가 잡아도 되겠습니까?"

"그래, 네가 고생 좀 해 줘라. 현역 쪽은 2소대장 보고하라고 할 테니까."

임무도 다시 나뉘어졌고 덕분에 훈련도 금방 재개될 수 있었다.

이영훈이 목청껏 외쳤다.

"바로 이어서 훈련 진행하겠습니다! 움직일 때 절대 뛰지 마시고, 주변에 장비들 잘 보십쇼! 넘어지면 방금 전보다 훨씬 더 큰 사고가 일어날 수도 있습니다!"

지수민의 사고 덕분에 현장에는 긴장감이 흐르기 시작했다.

오히려 좋은 결과였다.

훈련이 다시 시작되자 대한이 오함마를 들고 예비군 쪽으로 이동하기 시작했다.

그 모습을 본 박희재가 말했다.

"1중대장! 잠시만!"

박희재에 호출에 이영훈이 서둘러 뛰어오자 박희재가 말했다.

"내가 평가관 데리고 내려갈 테니까 여유 있게 훈련 마무리하고 철거는 나중에 하자. 알겠지?"

듣던 중 반가운 소식.

이영훈이 우렁차게 대답했다.

"예, 알겠습니다!"

"권 중령도 괜찮지? 이 정도면 볼 만큼 봤잖아?"

"아, 예. 충분합니다. 이만 내려가시죠."

됐다.

평가관도 허락했는데 더 이상의 훈련이 무슨 의미가 있을까?

이영훈이 아까 전만큼이나 우렁차게 경례를 올렸다.

"그럼 잘 마무리 하고 보고드리겠습니다! 충성!"

"충성. 고생하고."

이윽고 두 사람이 사라지자 이영훈이 급히 병력들에게 외쳤다.

"정지! 정지!"

이영훈의 외침에 병력들의 시선이 모이자 이영훈이 씩 웃으며 말했다.

"이제 그만 평가도 끝났는데 철수하시죠."

그 말에 곳곳에서 환호성이 튀어나왔다.

"자, 자, 조용! 대신 다음 주에 또 훈련해야 하기 때문에 깔끔하게 정리만 좀 부탁드리겠습니다!"

이영훈도 프로는 프로였다.

박희재는 나중에 정리하자고 했지만 그렇게 되면 그 부담은 고스란히 현역들 몫이 될 테니 분위기 좋을 때 얼렁뚱땅 예비군들을 이용하려는 것이었다.

물론 예비군들도 불만은 없었다.

어쨌거나 마무리하는 분위기였으니까.

그때, 어느 예비군 하나가 큰 목소리로 외쳤다.

"근데 이렇게 되면 아까 말씀하신 것들은 어떻게 되나요?"

아, 그러고 보니 내기가 걸려 있었지.

그 말에 이영훈이 사람 좋은 미소로 답했다.

"원칙대로라면 경기 도중에 멈추었으니 없던 일이 되어야겠지만 승패를 떠나 예비군분들이 너무 잘해 주셨기에 제가 시작 전에 말씀 드린 것들은 모두 지키겠습니다. 그러니 정리만 다 끝내 주시면 내려가서 샤워 끝나자마자 드실 수 있도록 바로 라면 준비해 놓겠습니다."

그 말에 곳곳에서 박수와 환호성이 터져 나오기 시작했다.

"아따 중대장님 참 시원시원하시네."

"그런 의미에서 라면 2개 먹어도 되나?"

"어제 피엑스에서 사 온 빅팜 남아 있냐?"

소란스러운 분위기.

그러나 모두가 웃고 있었다.

대한은 본인이 사용하던 장비들을 모두 정리한 뒤 이영훈에게 다가갔다.

"고생하셨습니다, 중대장님."

"고생은 무슨…… 이번에도 네 덕을 좀 봤지. 그나저나 대대장님한테는 언제쯤 보고해야 되나……."

"병력들 샤워 시켜 놓고 하면 되지 않겠습니까? 평가관님이랑 같이 계실 텐데 훈련 종료 보고가 너무 빠르면 그건 그것대로 좀 이상할 것 같습니다."

"그치? 보면서 좀 천천히 해야겠다. 근데 자꾸 군 생활 이렇게 해도 되나 싶다."

말 그대로였다.

원래는 융통성이라고는 조금도 없는 이영훈이었으나 대한이 오고 난 뒤부턴 완전히 다른 사람처럼 변해 버렸다.

그러나 대한은 그런 이영훈이 훨씬 더 좋았다.

'굳이 힘들게 살 필요 있나. 남한테 피해 안 주고 지킬 것만 딱 지키면 되지.'

대한이 기세를 몰아 이영훈에게 딱 붙어서 말했다.

"그나저나 중대장님께서도 라면 드셔야 하지 않겠습니까?"

"그래, 우리도 먹어야지."

"그렇잖아도 컨테이너에 버너랑 고춧가루랑 계란 준비해 놨습니다. 시원하게 끓여 드시죠."

"너 이 색…… 언제 또 그런 걸 준비했냐? 나 방금 진짜 감동했잖아."

"보급관한테 미리 말해 놨으니 이참에 중대 회식을 간단하게 하면 좋을 것 같습니다."

"크 좋지, 빨리 끝내고 내려가자."

그렇게 야간 훈련이 종료되었다.

✳

정리가 끝나고 난 뒤, 하루 종일 흙먼지를 뒤집어썼던 예비군들이 시원하게 샤워를 시작했다.

"어후, 아까 라면 안 먹는다고 했으면 끔찍했겠는데?"

"진짜 먹을 거 뭐 안 줬으면 바로 택시 불렀다."

고된 하루를 마치고 다 함께 샤워한 뒤에 먹는 라면의 맛.

사회에선 절대로 경험할 수 없는 것들 중에 하나로 지금 이 순간만큼은 그 누구보다도 행복했다.

"선배님들 라면 물 받으러 나오시면 됩니다."

서로 양보하며 줄서는 분위기.

훈훈했다.

대한은 그 모습을 지켜보다가 동원 막사 안으로 들어갔다.

아직 대한에겐 해야 될 일이 하나 남아 있었기 때문이다.

'어딜 갔나 했더니 저기 있었네.'

대한이 찾고자 한 사람.

다름 아닌 지수민이었다.

대한이 손가락에 붕대 감고 누워 있는 지수민에게 다가가 옆에 앉았다.

"선배님은 라면 안 드십니까?"

"마지막에 받으려고. 하루 종일 신경 쓰고 있었더니 머리가 좀 아프네."

"두통약 좀 드립니까?"

"아냐, 됐어."

"그래도 혹시 모르니 가지고 계시다가 필요할 때 드십쇼."

대한은 미리 준비해 온 두통약을 지수민에게 건넸다.

그러자 지수민이 못 이기는 척 받아들였다.

쿨한 척 굴지만 샐쭉하게 나온 지수민의 입.

지수민을 보고 있자니 대한은 자기도 모르게 픽 웃음이 났다.

묘하게 과거의 자신이 겹쳐 보였기 때문이다.

'예비군 1년 차 대위, 만약 과거로 돌아오지 않았다면 저게 딱 내 모습이었겠지.'

두 번째 소령 진급 심사에서 떨어질 때부터 미래에 대한 불안감이 생겼다.

어머니는 아프지, 모아 놓은 돈은 없지.

특히 전역하고 뭘 해야 될지 감도 잡히지 않았다.

아무리 기업간 장교 채용이 있다고 해도 막상 취업 시장에 나가면 갈 만한 곳은 없었으니까.

그래서 대한은 지수민의 꼬장이 한편으로는 이해가 됐다.

대한이 모른 척 지수민에게 물었다.

"선배님, 사회는 어떻습니까?"

"……X같지."

"군대보다 별로입니까?"

"장단점이 있지. 근데 이제 와서 돌이켜 보면 군인도 나쁘지 않은 것 같아. 왜, 전역하게? 너는 하는 거 보니까 장군도 달겠더만."

"하하, 아닙니다. 전 아마 죽을힘을 다해도 소령도 못 달 겁니다."

"네가 그걸 어떻게 아냐? 그래도 장기는 무조건 넣어 봐. 안 맞으면 5년 차에 전역하면 되잖아."

5년 차 전역.

장기 복무에 선발된 장교들을 대상으로 계급별 정년이 아닌 장기 선발 이후 5년 차에 전역을 하게 해 주는 제도.

비육사들은 물론이고 육사 출신 중에서도 형편에 따라 5년 차 전역을 선택하곤 했는데.

어차피 군인 하기로 마음먹고 장기 복무까지 선발된 마당에 왜 그런 선택을 하나 싶기도 하지만…….

'또 막상 내 상황이 되면 한 번쯤은 고민이 될 수밖에 없지.'

세상에 절대로란 건 없다.

특히 군대에선 더더욱이.

그래서일까?

오늘따라 묘하게 과거의 아쉬운 감정들이 떠올랐다.

특히 소령 진급을 하지 못했던 뼈아픈 과거가…….

대한이 멋쩍게 웃으며 말했다.

"5년 차 전역도 일단 장기가 돼야 하는 것 아니겠습니까, 요즘은 장기 선발도 잘 안 된다고 들었습니다."

"너 정도면 충분히 될 걸? 좀 지켜보니까 넌 될 것 같아."

"에이, 그래도 삼사 출신 동기들도 많고 의지 있는 동기들도 많습니다."

"야, 의지로 될 것 같았으면 나도 전역 안 했지."

"장기 하려고 하셨습니까?"

"상급자 잘 만나면 하려고 했지."

"못 만나셨나 봅니다."

"그래. 1차 중대장도 평정 말아먹고 군수과장 때도 평정 말아먹었는데 더 해서 뭐 하냐? 마흔 살 넘어서 사회로 나올 바에 그냥 일찍 나온 거지."

지수민의 말에 대한은 조용히 미소만 지었고 지수민이 이어 말했다.

"후배님아, 밖에서 취업하기 진짜 힘들다. 요즘엔 건설사도 잘 안 받아 주니까 군 생활 적성에 맞는다 싶으면 그냥 장기 해. 여긴 마음이라도 편하니까."

"예, 선배님. 한번 고민해 보겠습니다. 그나저나 선배님, 여기서 이러실 게 아니라 봉지라면 드시러 가시겠습니까?"

"뽀글이 해 주려고?"

"제가 감히 선배님한테 뽀글이나 해 드리려고 말 꺼냈겠습니까?"

"그럼?"

"컨테이너에서 물 끓이고 있습니다. 중대 간부들이 있긴 한데 상관없지 않으십니까?"

"뭐, 상관이야 없는데……."

"저희 3소대장이 라면 진짜 잘 끓입니다. 가시죠."

"……그럴까?"

대한은 붕대를 감지 않은 손을 잡아 지수민을 일으켰다.

그러자 지수민은 못 이기는 척 대한을 따라나섰고 얼마 뒤, 컨테이너 밖으로 지수민과 간부들의 웃음소리가 흘러나왔다.

※

장간 훈련이 끝나고 다음 날.

중대 간부들은 퇴소식 준비로 정신이 없었다.

"선배님들! 총기 반납해 주시기 바랍니다!"

"탄띠 어디 어쩌셨습니까? 찾아오셔야 퇴소하실 수…… 선배님? 선배님! 어디 가십니까!"

"가스 조절기가 없어졌단 말씀이십니까……?"

어젯밤 장간 훈련으로 잠시나마 싹튼 전우애는 온데간데없이 사라졌고 그들은 다시 죽어라 말 안 듣는 예비군으로 돌아와 있었다.

덕분에 죽어 나가는 건 현역들.

대한은 동원 막사 주위를 돌아다니며 사라진 장비들을 찾아나섰다.

'이럴 줄 알았으면 그냥 불침번 세울 걸.'

괘씸했다.

이 은혜도 모르는 인간들 같으니라고.

대한은 한참의 역추적 끝에 예비군들이 잃어버린 물품들의 상당수를 찾을 수 있었다.

오랜 군 생활 동안 예비군들을 겪다 보니 그들의 동선을 그 누구보다도 잘 이해하고 있었기 때문이다.

대한이 가스 조절기를 비롯한 탄띠 등을 곽재훈에게 주며 말했다.

"자, 아까 찾던 것들."

"하, 진짜 감사합니다. 소대장님. 소대장님은 정말 저의 구세주십니다."

"오바하기는, 또 반납 안 된 것들 있냐?"

"아닙니다. 다행히 이게 마지막입니다."

"앞으로 2주는 더 남았는데 어떻게, 할 만해?"

"예, 그래도 이번엔 재우도 있고 작년보다는 편한 것 같습니다."

"그래. 재우 잘 가르치고 고생해라."

"고생하십쇼! 충성!"

대한은 마지막 정리를 도운 뒤 흡연장에 있는 지수민을 찾아갔다.

"선배님, 편히 주무셨습니까?"

"어, 대한아. 너도 한 대 할래?"

"아닙니다. 전 담배 안 피웁니다. 그보다 얼굴이 많이 부으셨습니다."

"그래? 어제 국물 좀 많이 마셨더니 이래 됐나 보다. 근데 뭐 잘 보일 사람도 없는데 뭐 어때?"

"그것도 맞습니다. 아참, 혹시 이따가 있을 퇴소식 때 예비군들 인솔 좀 부탁드려도 되겠습니까?"

"어, 그래 당연하지. 그거 원래 내가 해야 되는 거잖아. 근데 넌 어디 가나?"

"이따 중대 간부들 전부 평가관 훈련 강평 들으러 가야 돼서 그렇습니다. 그럼 저 먼저 내려가 보겠습니다, 선배님."

이로써 인솔 문제도 해결.

대한은 지수민에게 가볍게 목례 후 바로 지휘 통제실로 향했다.

간부들은 이미 다 참석해 있었다.

대한은 손짓하는 이영훈 뒤에 앉았고 얼마 뒤, 망을 보던 2중
대장 정우진이 말했다.

"대대장님 오십니다."

그 말에 정작과장이 일어나 준비를 했고 얼마 뒤 박희재와
권민철이 지휘 통제실에 들어오자 경례를 올렸다.

"충성! 강평 준비 끝."

"쉬어."

박희재가 중앙 의자에 앉아 간부들을 보며 말했다.

"다들 3일간 고생 많았고 지금부터 평가관이 우리가 준비한
것들에 대해 잘 이야기해 줄 거니까. 다음 주랑 다다음 주에 있
을 동원 훈련도 끝까지 한번 잘해 보자."

"예! 알겠습니다!"

"평가관, 강평 시작하게."

그 말에 권민철이 빔 프로젝트에 준비해 온 파일을 띄우며
강평을 시작했다.

"우선 동원 훈련을 준비하신 대대 전 간부님들께 고생하셨다
는 말씀을 먼저 드리겠습니다. 그럼 입소식은 생략하고 우선 사
격부터 말씀드리자면……."

권민철이 주위를 한번 둘러보더니 씩 웃으며 말했다.

"제 군 생활 전부를 통틀어 이번만큼 훌륭하게 대처를 한 부
대는 없었던 것 같습니다."

바로 시작되는 칭찬.

대한을 염두에 두고 하는 말이었다.

그래서일까?

이번 사건의 전말을 아는 몇몇 간부들…… 예컨대 정우진 등이 흐뭇한 미소를 지었다.

대한도 주변 시선이 느껴졌다.

그래서 일부러 권민철만 봤다.

이런 적은 난생 처음이라 어떻게 시선 처리를 해야 될지 몰랐기 때문이다.

이어서 권민철의 칭찬이 계속해서 이어지던 즈음, 잠자코 듣고 있던 박희재가 자리에서 일어나 말했다.

"평가관 잠시만, 미안하네. 주목."

"주목!"

"다들 사격장에서 있었던 일 들었지? 소문이야 빨리 퍼지니 다들 알고 있다고 생각한다. 근데 듣자 하니 이번 일 같은 경우엔 아무것도 모르는 소위라서 할 수 있는 일이라는 말이 도는 것 같은데 말이야."

엥?

그런 말이 돌았다고?

전혀 몰랐는데?

사실 돌았다 한들 딱히 상관은 없었다.

소문은 소문일 뿐이니까.

게다가…….

"누가 그딴 소릴 하고 다니는 건진 모르겠지만 부끄러운 줄 알아라. 만약 늦게라도 그런 소릴 한 놈이 잡히면 내 가만 두지 않을 테니까."

"예! 알겠습니다!"

대대장이 저리 커버 해 주는데 뭐가 걱정일까?

계속해서 박희재의 말이 이어졌다.

"그런 의미에서 이번 대처는 아주 훌륭한 일이었다는 걸 증명하기 위해 김대한 소위에게 내 이름으로 나가는 첫 간부 포상을 내리겠다. 김 소위?"

"소위 김대한!"

"다음 달이 첫 휴가지? 3일 휴가 줄 테니까 푹 쉬다 와라. 2일 더 써서 일주일 내내 쉬고 와도 된다."

그 말에 간부들 모두가 어마어마한 충격을 받은 듯 두 눈이 휘둥그레졌다. 그도 그럴 게 간부들도 병사들만큼이나 휴가 나가는 걸 좋아했는데 그 이유 중에 하나가 부대 분위기상 주어진 연차도 잘 못 썼기 때문이다.

그런 상황에 하루도 아니고 무려 3일짜리 휴가가 주어졌다.

심지어 개인 휴가까지 붙어서 일주일이나 쉬라는 건 곧 다가올 여름휴가를 미리 보장받는 것과 다를 바 없는 일.

대한도 그 사실을 잘 알기에 몹시 얼떨떨했지만 일단 큰 목소리로 외쳤다.

"감사합니다!"

"그래. 그러니 이번 일을 계기로 다른 간부들도 항상 최선을 다 할 수 있도록. 나 또한 최선을 다해 너희들을 챙길 테니까. 흠흠, 평가관 시간 뺏어서 미안하네. 계속하게."

권민철은 박희재의 화끈한 포상에 깜짝 놀랐다.

여태껏 자신이 본 대대장들 중 이렇게까지 간부에게 화끈한 포상을 내리는 걸 본 적이 없었으니까.

'하물며 내가 대대장일 때도 이 정도로 포상을 내린 적이 없었는데……'

그래서인지 새삼 박희재가 대단하게 느껴졌다.

그도 그럴 게 간부들이 자리를 많이 비우기 시작하면 일이 밀리는 것은 물론이고 중대장들의 지휘 부담이 급격히 늘어나서 좀처럼 뿌리지 않는 게 간부 포상이었으니까.

'어쩌면 저런 지휘관이 있으니 김 소위 같은 소대장이 있는 걸지도 모르겠군.'

권민철이 흐뭇함에 미소 지으며 대답했다.

"아닙니다. 저야말로 저 대신 좋은 말씀해 주셔서 감사드립니다. 그럼 다음은 폭파 훈련으로……"

이후에도 비슷했다.

강평 내용 대부분이 부대를 칭찬하는 내용들이었고 강평이 끝나고 난 뒤, 박희재가 시계를 보며 말했다.

"좋아. 그럼 강평도 마쳤으니 퇴소식도 빨리 진행하지. 예비군들이 나가야 너희들도 퇴근하니까."

그 말에 정작과장이 순간 박희재의 말을 이해하지 못하고 되물었다.

"퇴근…… 말씀이십니까?"

"그래, 퇴근. 이틀이나 집에 못 갔는데 오늘은 일찍 들어가야지. 애들 얼굴 안 볼 거야? 단장님한테 허락받은 사항이니까 빨리 마무리하고 정작과장이 종합해서 나한테 보고해."

"아, 예! 알겠습니다!"

"내일도 있으니까 오늘 너무 열심히 하지 말고 대충하고 집에 가자. 가정의 평화를 지켜야 나라도 지키는 법이니까."

그 말에 일부 간부들이 '크' 소리를 내며 엄지를 들었고 이영훈도 이에 질세라 얼른 대한에게 속삭였다.

"야, 포상도 받았는데 한잔해야지?"

"퇴근하자마자 말씀이십니까?"

"당연하지. 방에서 치맥 조지자."

"너무 좋습니다. 다른 소대장들한테도 물어보겠습니다."

"그래, 쉰다고 하면 그냥 쉬라고 해."

"저한테는 왜 안 물어봐 주십니까?"

"막내는 원래 선택권 없는 거 모르냐?"

"그럼 치킨이라도 고르게 해 주십쇼."

"그건 또 막내가 고르는 거지."

훈련 동안 더 친해진 두 사람이 킬킬 웃으며 자리를 옮긴다.

잠시 후 퇴소식이 이어졌고 얼른 집에 가고 싶어 하는 예비군들 사이로 동원 훈련 우수자에 대한 표창 수여식이 진행됐다.

대상자는 다름 아닌 지수민이었다.

장간 조립교 훈련에서 보여 준 부상 투혼을 높이 산 까닭이었다.

"표창장, 1중대 예비역 대위 지수민. 상기명 예비역 대위는 투철한 군인 정신으로……."

사회자의 낭독이 끝나고 박희재가 지수민에게 표창장을 전달하며 물었다.

"손은 좀 괜찮나?"

"예, 괜찮습니다!"

"우리 후배는 군복 입었을 때 봤으면 참 좋았을 텐데…… 이참에 다시 입어 보는 건 어떤가?"

"하하, 다시 입는 것보단 사회에서 후배들 맞을 준비를 하고 있겠습니다."

"그래, 다음에 기회 되면 또 보자고. 집에는 조심히 가게."

"예, 고생 많으셨습니다!"

지수민이 내려오자 대한은 근처로 온 지수민을 향해 웃으며 말했다.

"응원하겠습니다, 선배님."

"그래, 고맙다. 잘되면 연락할게."

이로써 퇴소식이 끝났다.

예비군들은 좀비 영화의 그것처럼 부대를 빠져나가기 시작했고 그 모습을 지켜보던 이영훈이 말했다.

"나도 집에 가고 싶다."

"저도 가고 싶습니다."

"맥주나 빨자."

"예, 중대장님."

두 사람이 씁쓸하게 막사로 돌아간다.

✻

다음 날, 금요일.

1주차 동원 훈련이야 끝났지만 아직 훈련 자체가 끝난 건 아니었다. 다음 주, 다다음 주에도 계속해서 훈련은 진행되어야 했기 때문이다.

대한은 하루 종일 소대원들과 동원 막사를 정비한 뒤 일과가 거의 끝날 때쯤이 되어서야 간부 연구실로 돌아왔다.

간부 연구실에는 하루 종일 서류만 만지느라 땀 한 방울 흘리지 않은 이영훈이 뽀송한 얼굴로 대한을 기다리고 있었다.

대한을 본 이영훈이 킬킬 웃으며 말했다.

"고생했다. 별로 할 거 없었지?"

할 일 없기는 개뿔이나.

이영훈뿐만이 아니었다.

대한을 제외한 중대 간부 전체가 막사에서 서류 작업만 했기에 모두들 뽀송한 상태였다.

하지만 아무렴 상관없었다.

대한은 서류 작업이 더 싫었으니까.

'대위로 참모 직책 수행한 것만 몇 갠데…… 차라리 병력 관리가 더 낫다.'

그편이 시간이 더 빨리 가기도 하고 말이다.

그러나 대한은 분한 척 일부러 미간을 좁히며 대답했다.

"예, 침구류 오와 열 맞추고 청소도 싹 다 해 놓고 왔습니다."

"소대원들이랑은 좀 친해졌고?"

"예, 이젠 확실히 전우가 되었습니다."

"훈련 때문인지 적응이 빠르네. 그나저나 곧 퇴근인데 대구 나갈 거냐?"

"대구, 말씀이십니까?"

대한은 순간 자신의 귀를 의심했다.

부대 들어온 지 아직 한 달도 안 됐는데 대구는 무슨 대구?

설마 테스트하는 건가?

그래서 한 번 더 되물어 볼 수밖에 없었으나 놀랍게도 이영훈은 진심이었다.

"응, 너 대구 산다며? 주말에는 나가도 되는데? 너 병사 아니야, 인마.”

“아, 그렇긴 한데…….”

“나갈 거면 같이 나가고. 나도 대구에 볼일 있거든.”

이 양반 봐라?

전생에는 주말에 나간다 하면 그 누구보다도 꼽주던 양반이 웬일이래?

대한이 얼른 대답했다.

“태워다 주시면 감사하겠습니다!”

“그래 그럼. 지금 바로 나갈 거니까 늦지 말고 준비 딱 해 놔. 늦으면 버린다?”

“예, 알겠습니다!”

저 양반이 웬일일까?

새삼 자신이 군 생활을 참 잘하고 있다는 생각이 들었다.

‘맘 바뀌기 전에 얼른 준비해야지.’

마음이 급해지는 대한이었다.

✳

얼마 뒤, 이영훈의 차가 출발했다.

“태워다 주셔서 감사합니다, 중대장님.”

“같이 가면 좋지. 근데 너 이번이 첫 외출 아니냐?”

“예, 그렇습니다.”

"좋겠네. 대구 나가면 뭐 할 거냐?"

"갑자기 나오게 된 거라 딱히 약속은 없고 그냥 가족들과 시간을 보낼 것 같습니다."

"어머님 집에 계시냐?"

"예, 아마 집에 계실 겁니다."

"그래? 그럼 집까지 태워다 줄게. 이참에 어머님께 인사나 드려야겠다."

"예?"

"왜? 인사드리지 말까?"

"아, 아니 그게 아니라…… 너무 갑작스러워서 그랬습니다. 감사합니다, 중대장님."

"직속상관인데 인사드릴 수도 있지. 그래야 어머님도 마음 편히 지내시지 않겠어?"

"맞습니다. 정말 감사드립니다, 중대장님."

"감사는 무슨, 인사가 뭐 별거라고."

솔직히 놀랐다.

그도 그럴 게 전생의 이영훈은 이런 말을 먼저 한 적이 한 번도 없었으니까.

아니, 이영훈뿐만이 아니었다.

지금 있는 부대에 근무하면서 그 누구도 엄마에게 인사시킨 적이 없었다.

그래서일까?

새삼 이영훈의 배려가 참 고맙게 느껴졌다.

이영훈도 대한의 시선을 느꼈는지 장난스레 웃으며 말했다.

"왜 그렇게 느끼하게 보냐?"

"감사해서 그렇습니다. 참 군인 같으십니다."

"어? 군인 같음 안 되는데? 나 오늘 소개팅 있어서 대구 나가는 거란 말이야. 진짜 군인 같냐?"

"예, 참 군인 같으십니다."

"아이씨, 큰일 났네."

큭큭, 장난을 주고받는 두 사람.

대한은 이런 기분이 참 나쁘지 않다고 생각했다.

"······여기라고?"

"예, 그렇습니다."

범어역 베니스 앞.

이영훈은 50층이 넘는 주상복합 아파트를 올려다보며 좀처럼 입을 다물지 못했다.

그뿐일까?

주차장에는 길에서 보기 힘든 슈퍼카들이 즐비해 있었고 엘리베이터에 올라 50층 버튼을 누르는 대한을 보며 이영훈은 더더욱 할 말이 없어졌다.

이영훈이 피엑스에서 미리 구입해 온 싸구려 홍삼을 뒤로 감추며 말했다.

"너 이렇게 잘 사는 줄 알았으면 차라리 그냥 빈손으로 올 걸⋯⋯."

"에이, 아닙니다. 마음이 중요하다고 생각합니다."

"그, 그렇지?"

"물론 마음은 비싸야 한다고 생각합니다."

"뭐 이 새꺄?"

"하핫, 농담입니다, 중대장님."

이영훈의 감탄은 집안에서까지 이어졌다.

50평이 넘는 넓은 평수는 물론, 대구 전체가 훤히 보이는 전망은 그야말로 이영훈을 압도했다.

"아휴, 뭘 이런 걸 다 사 오시고. 빈손으로 오셔도 되는데."

"아, 아닙니다. 이런 것 밖에 못 사 와서 죄송합니다."

"네? 아휴, 농담도."

엄마는 그런 이영훈의 반응이 적응되지 않았고 말이다.

이후엔 꽤 즐거운 시간을 보냈다.

이영훈은 대한이 부대에서 얼마나 대단한 존재인지에 대해 일장연설을 늘어놓았고 엄마는 그런 이영훈의 칭찬에 광대가 떠나가라 웃으셨다.

행복했다.

이렇게 행복해도 되나 싶을 정도로.

그렇게 한참 동안이나 떠들고 난 뒤, 이영훈은 그제야 소개
팅 때문에 먼저 자리에서 일어났다.

　"아쉽네요. 약속만 아니시면 식사라도 대접하는 건데."

　"다음에 또 오겠습니다. 그땐 맛있는 밥, 꼭 함께 먹었으면
좋겠습니다."

　"또 와요. 그땐 꼭 빈손으로 오고. 다음에 내가 갈비찜 해 줄
게요."

　"예, 어머님. 그럼 가 보겠습니다! 야, 나오지 마. 나 혼자 가
면 되니까."

　"예, 중대장님. 그럼 부대에서 뵙겠습니다."

　"그래, 복귀 시간 준수하고."

　끝으로 이영훈이 떠났다.

　이영훈이 떠난 뒤에 엄마는 여전히 광대를 덩실거리며 말했
다.

　"참 좋은 분이신 것 같네."

　"그치? 나도 저런 분인 줄 몰랐어."

　"그래?"

　정말 몰랐다.

　인생 2회차나 됐으니 알게 된 거지.

　그래도 뭐 나쁘지 않았다.

　아니, 오히려 좋았다.

　이영훈이 이런 모습을 보여 줄 때마다 자신이 더 나아진 삶

을 살고 있다는 게 확실히 느껴졌기 때문이다.

"그나저나 내일이 건강검진이지?"

"응, 토요일 오전."

"잘됐네. 같이 가면 되겠다."

"시간 괜찮아?"

"당연히 괜찮지. 나도 갑자기 나온 거라 약속 없어."

"그럼 나야 좋지. 근데 나 내일 검진 때문에 금식하고 있는
건 알지?"

"아참, 그걸 몰랐네."

"밥 차려 줘? 아직 식전이지?"

"그렇긴 한데……."

대한은 잠시 고민하던 끝에 고개를 저었다.

"엄마, 나 좀 나갔다 올게."

"밥 땐데 어딜?"

"친구 만나러."

"약속 없다며?"

"갑자기 생겼어."

"그래, 알았어. 차 조심하고."

"예에~."

대한은 그 길로 바로 나와 택시를 잡았다. 갑자기 나온 거긴
하지만 전부터 생각하고 있던 건이 하나 있었기 때문이다.

*

　　동구의 오래된 빌라.

　　대한이 살던 전 집이었다.

　　물론 대한이 찾아온 건 전 집이 아니라 그 옆집이었지만.

　　대한은 1층의 오래된 우체통에서 열쇠를 꺼내 대문을 열었
다.

　　월월!

　　1층 주인집의 개 짖는 소리.

　　대한은 그 옆을 돌아 2층으로 향하는 계단을 올랐다.

　　그러자 문이 열리며 익숙한 얼굴이 드러났다.

　　"왔냐?"

　　더벅머리에 안경.

　　해골처럼 삐쩍 마른 몸.

　　이름은 오정식.

　　대한의 가장 친한 친구였다.

　　정말 오랜만에 보는 오정식의 얼굴에 대한은 자기도 모르게
웃음이 났다.

　　"오랜만이네. 잘 지냈고?"

　　"죽지 못해 살지. 웬일이냐? 부대에 있어야 할 놈이."

　　"주말이라서 퇴근하고 넘어 왔지."

　　"군대 좋아졌다? 출퇴근도 하고."

"아파서 면제 받은 새끼가 말하는 꼬라지하고는."

"꼬우면 너도 아프든지."

말 그대로였다.

오정식은 크론병 환자였는데 그 탓에 군대도 면제받았고 병의 영향으로 몸도 비쩍 마른 녀석이었다.

하지만 그렇다고 성격까지 우울한 건 아니었다.

녀석은 매사에 자신감이 넘쳤고 의욕적이었다. 다만 그 의욕만큼 체력이 따라 주지 않아서 문제였지.

대한이 자신의 전 집과 비슷한 방 안을 둘러보며 물었다.

"아저씨는?"

"아직 퇴근 안 하셨어."

"늦게까지 일하시네. 밥은 먹었냐?"

"내가 먹겠냐?"

"저건 폼이냐? 좀 먹지 그러냐?"

대한이 방구석에 쌓인 엔커버액(영양보급팩)을 가리키며 말했다.

"귀찮아."

"먹는 게 귀찮다면서 일반식은 잘도 먹더라?"

"저건 순 액체잖아. 먹어도 먹은 것 같지가 않아. 맛도 질리고."

"그래서 밥은 먹었냐고."

"아직 안 먹었다고. 넌?"

"안 먹었지. 뭐 시켜 먹든지 하자. 내가 살게."

"그런 건 또 거절 안 하지. 뭐 먹을래?"

"너랑 밥 먹을 때 나한테 선택권이 있긴 하냐? 너 먹기 안 부담스러운 걸로 시켜."

"갈비탕 어때?"

"난 특."

"콜. 시킨다."

둘이 밥을 먹을 때면 선택권은 늘 오정식에게 있었다.

크론병 환자인 오정식은 평생 음식을 가려 먹어야 하는 처지였으니까.

배달 주문을 마친 오정식이 대한에게 물었다.

"근데 너네 집 갑자기 이사 갔더라?"

"엉, 복권 당첨됐거든."

"그래서 왜 이사 갔냐?"

"복권 당첨됐다니까?"

"아, 지랄하지 말고 좀."

"지랄 아니고 진짜라고."

대한은 휴대폰에 미리 찍어 온 1등 복권 용지와 통장 잔고를 보여 주었다.

그러자 그것을 받아 든 오정식이 얼마간 화면을 살핀 후 휴대폰을 돌려주며 말했다.

"요즘 군대에서 포토샵 배우냐?"

"뭔 소리야?"

"존나 교묘해서 속을 뻔 했다고."

"아니 근데 이 새끼는 기껏 말해 줬더니 왜 믿지를 않아?"

"그럼 시발 너는 믿냐? 옆집 살던 병신 같은 친구가 어느 날 갑자기 100억 복권에 당첨돼서 이사 갔다는데?"

"하긴. 그건 나라도 믿기가 좀 힘들지."

그 말에 대한이 웃음을 터뜨리며 다른 사진을 보여 주었다.

자신의 집에서 엄마와 함께 찍은 사진이었다.

"봐라. 이러면 믿겠냐?"

"이게 뭔데?"

"이사한 집에서 찍은 거. 여기 베니스야. 범어역에 있는. 그것도 50층."

"……뭐?"

대한의 말에 오정식은 그제야 두 눈이 휘둥그레 커졌다.

"그럼 아까 보여 준 100억짜리 복권이 진짜라고?"

"그래, 인마. 팩트야."

"와……."

오정식의 입이 쩍 벌어졌다.

그러고는 얼마간 말을 못 잇더니 마침내 소감을 발표했다.

"아쉽다."

"뭐가?"

"이럴 줄 알았으면 백순대 볶음도 같이 시킬 걸. 그 집 백순대도 참 잘한단 말이야."

그 말에 대한은 한심한 표정으로 오정식을 바라보던 끝에 말했다.

"……지금이라도 시켜."

"오 진짜? 네가 진짜 돈이 많아지긴 했나 보구나?"

역시 오정식.

예나 지금이나 참 한결 같은 놈이었다.

그나저나 친구가 1등 복권에 당첨돼서 100억 장자가 되었다는데 고작 한다는 말이 백순대 볶음이라니…….

'하긴 이 자식은 옛날부터 이런 놈이었지.'

오정식은 자신과 닮은 점이 참 많았다.

자신과 같은 편부모 가정에 가난한 집안, 담백한 성격까지.

그래서 죽이 참 잘 맞았고 중학교 때부터 우정을 유지해 올 만큼 굉장히 오래된 친구였다.

'공무원만 안 됐으면 더 잘됐을 놈이었지.'

오정식은 대구에 있는 국립대 경영학과를 휴학 한 번 없이 한 번에 졸업했다.

군대야 크론병 때문에 면제였고 괜히 놀아 봤자 시간 손해라면서 휴학 한 번 없이 한 방에 졸업해 버린 것이다.

그리고 약 3년의 수험 생활 끝에 7급 세무직 공무원이 되었는데 살인적인 업무량 때문에 결국 병이 더 악화돼 대장 절제 수술을 받았고 평생 대변 주머니를 차는 신세가 되었다.

'그쯤 소식도 끊겼었고…….'

사실 당시의 대한도 마음의 여유가 별로 없다 보니 시간이
지날수록 연락을 못 했던 것이지만 아무튼 이렇게나마 다시 보
게 되니 참 반가웠다.

오정식이 물었다.

"그래서, 복권 당첨된 거 자랑하려고 여기까지 온 거냐?"

"그런 것도 있고 너한테 부탁할 것도 있고."

"부탁?"

"너 요즘도 주식하냐?"

"짤짤이로 좀 하지?"

"돈 좀 벌었냐?"

"마이너스는 안 나는데 소액이라 진짜 용돈벌이 수준이야."

"그래도 너 그걸로 참고서도 사고 인강도 사고 다 하잖아. 그
게 무슨 용돈벌이냐."

"주 수입원은 아니잖아, 그럼 용돈벌이지."

"하긴…… 야, 그럼 혹시 너 알바 하나 안 할래?"

"알바?"

"응."

"무슨 알바?"

"내가 회사를 하나 차릴 건데 내 대신 이것저것 잡일해 줄 사
람이 필요하거든."

그 말에 순간 오정식이 눈살을 찌푸렸다.

"너 공무원 아냐? 회사는 뭔 회사?"

"너 유한책임회사라고 아냐?"

"생긴 지 얼마 안 된 그거?"

"아네?"

"그래도 명색이 경영학도인데 그런 것도 모를까 봐. 나 회계사도 잠깐 준비했었…… 어, 너 설마?"

오정식의 동그래진 눈에 대한이 피식 웃으며 말했다.

"맞아. 나 유한책임회사 형태로 회사 하나 차릴 건데 거기 내대신 일해 줄 업무 집행 사원이 하나 필요해. 그 집행사원으로 널 쓰고 싶다."

"미친."

유한책임회사.

주식회사와는 달리 주주총회나 이사, 감사 등이 없어 비교적 운영하기 쉬운 형태의 회사로.

아무런 일도 안 하고 지분만 갖고 있다면 공무원도 회사를 소유할 수 있게 해 주는 아주 고마운 제도 중에 하나였다.

그리고 대한이 벌려 놓은 일들…… 예컨대 키다리 재단의 현신이 되어 줄 회사이기도 했다.

대한이 웃으며 말했다.

"그래서 할래 말래? 월급은 매달 1천만 원씩 줄게. 명절 떡값도 넉넉히 넣어서."

그 말에 오정식이 눈살을 찌푸리며 말했다.

"야, 지금 너 뭐 하냐?"

"뭘?"

"너 같으면 백억 로또 맞은 친구가 갑자기 와서 팔자에도 없던 사업을 할 건데 월 1천 줄 테니 자기 밑에서 일하라고 하면 하겠냐? 그게 무슨 일인지도 모르는데? 그리고 너 뭐, 나 동정하냐? 네가 월 1천 준다고 하면 내가 덥석 오케이 하고 네 밑으로 들어가야 돼?"

어라?

이건 예상치 못한 반응인데?

오정식의 정색에 대한은 얼른 사과했다.

"미안. 확실히 내가 성급했네. 내가 큰돈 만져 본 지도 얼마 안 됐고 널 너무 친하게 생각해서 막 뱉었나 보다. 근데 널 동정하거나 그래서 그런 건 절대 아냐. 오해는 하지 말아 줬음 좋겠다."

"병신 새끼…… 아무리 내 청춘을 담보 잡고 하는 일이라지만 뭔지도 모르는 일을 어떻게 1천만 원이나 받아 가면서 해? 정신 차려, 병신아."

구구절절 맞는 말에 대한은 자신의 실수를 인정할 수밖에 없었다.

하지만 친구의 미래를 알고 있다 보니 나온 말일뿐, 나쁜 의도는 조금도 없었다.

대한이 다시 한번 더 거듭 사과했다.

"그래, 내가 너무 성급했다. 미안하다."

"예나 지금이나 존나 한결같은 새끼…… 그래서, 뭘 하려는데 회사씩이나 차리려는 건데?"

그래도 오정식은 참 좋은 놈이었다.

쓴소리도 해 주고 사과하면 바로 받아 주는 걸 보면.

'그래서 더더욱 정식이가 나한테 필요한 거지.'

그 물음에 대한이 부대에서 겪었던 일들…….

예컨대 황재우부터 최종찬, 그리고 예비군 중대장으로 왔던 지수민의 이야기를 풀며 그동안 군에서 느낀 것들에 대해 이야기해 주었다.

이야기를 한참 듣던 오정식이 미간을 좁히며 말했다.

"너도 참 오지랖 넓다. 네 앞가림이나 잘하지 잠깐 보고 말 사이인 병사한테 왜 그렇게까지 신경 쓰는 건데?"

"후회 될 것 같아서 그래. 우리 중학교 때 창섭이 기억 안 나?"

그 말에 오정식이 미간을 좁혔다.

"야, 걔는…….'

박창섭.

중학교 때 일진한테 지독하게도 괴롭힘 당했던 친구.

도와주고 싶었으나 싸움 실력이 떨어져 끝끝내 도와주지 못했다.

그 결과, 괴롭힘을 견디다 못 한 박창섭은 타지로 이사를 갔고 대한은 그때 그 사건을 아직까지 마음에 두고 있었다.

"난 같은 실수 하기 싫다. 조금 살아 보니까 난 그런 게 제일 후회로 남더라고."

"참나…… 그래서, 유한책임회사를 차리는 것까진 좋다 쳐. 테마는 뭘로 잡을 건데? 너 근데 그건 알지? 유한책임회사는 투자받기 힘든 거?"

"알고 있어. 근데 걱정하지 마. 다 방법이 있으니까. 난 투자 회사를 차릴 거야."

"투자?"

"응, 투자."

"에라이 미친놈아. 너 투자는 해 봤고?"

"너한테 말은 안 했지만 나도 주식은 좀 해 봤어. 그러니까 걱정하지 마."

해 보긴 했다.

다 말아먹어서 그렇지.

하지만 이번 생엔 걱정하지 않는다.

엄청 디테일하게는 몰라도 뉴스 같은 건 꾸준히 봐서 크고 작은 사건들을 대략적으로나마 기억하고 있으니까.

그러나 그 사실을 오정식에게 말할 순 없는 노릇.

대한의 말에 오정식이 이마를 부여잡았다.

"아이고…… 이 새끼를 어디서부터 어떻게 설득해야 되는 거지?"

환장할 노릇이었다.

갑자기 나타나서 월 1천씩 월급을 준다고 하질 않나 심지어 투자회사를 차린다고 하질 않나…….

하지만 대한의 입장에선 어쩔 수 없었다.

엄마를 업무 집행 사원으로 쓰기엔 여러모로 무리가 있었고 동생도 나이가 어렸기 때문이다.

그러니 이러나저러나 결국 오정식밖에 없다는 말.

그러나 오정식은 좀처럼 납득하지 못했다.

"야, 너 지금 전형적인 졸부 테크 타고 있는 건 알지? 돈벼락 맞은 병신이 주제도 모르고 돈 펑펑 쓰는."

"알아. 근데 내가 다 계획이 있어서 그래. 그래서 네가 필요한 거고. 그러니까 나 좀 도와줘라. 내가 지금 군인이라서 뭘 하고 싶어도 할 수가 없단 거 잘 알잖아?"

"차라리 전역하고 하지 그러냐?"

"안 돼. 그땐 너무 늦어."

"늦다니?"

"내가 아까 지수민 이야기 해 줬지?"

"했지?"

"그 양반도 그렇고 요즘 내 군 생활도 그렇고, 어쩌면 군대에 좀 더 있어도 될 것 같다는 생각이 들더라고."

"지랄하네. 잘한다 잘한다 해 주니까 네가 진짜 잘하는 것 같냐? 너 그거 잠깐이야 인마. 군복 벗고 사회에서 좋은 일 해도 훨씬 더 많이 하겠구만. 굳이?"

"내 욕심이 그런 걸 어떡하냐? 최소한 소령도 해 보고 싶고 겸사겸사 소대원 애들도 도와주고 싶은데."

말 그대로였다.

지수민과 대화를 나눈 후 대한은 간간히 장기 복무에 대해 고민했다.

그리고 고민하면 할수록 소령 진급을 못 해 본 게 마음에 걸렸고 결국 장기를 하기로 마음먹었다.

경제적 자유를 누리게 된 지금, 대한에게 있어 가장 중요한 것들 중에 하나가 바로 후회를 지우는 것이었으니까.

"하……."

그리 말하니 오정식도 할 말이 없었다.

저런 건 논리나 이성적인 문제가 아니었으니까.

그때였다.

계단에서 누군가 올라오는 소리.

오정식의 아버지, 오한석이었다.

"정식아, 누구 왔냐?"

"아휴, 아버님. 저 대한입니다."

"오, 대한이야? 이야, 오랜만이다. 이제는 장교인가?"

"예, 그렇습니다."

대한은 비교적 젊은 모습의 오한석을 보고 반가움을 표했다. 그리고 동시에 자연스레 오한석의 어색해 보이는 왼손으로 시선이 옮겨졌다.

장갑을 낀 채 뻣뻣하게 뻗어져 있는 오한석의 손.

그것은 의수였는데 그 옛날, 공장에서 일할 적에 프레스 사고로 생긴 상처였다.

대한이 웃으며 말했다.

"근데 일찍 오셨네요? 늦게 오신다고 해서 저희 것만 시켰는데 이렇게 일찍 오실 줄 알았음 갈비탕이라도 하나 더 시켜 놓을 걸 그랬어요."

"으이? 아녀, 괜찮아. 난 먹고 들어와서 안 그래도 정식이한테 알아서 먹으라고 했거든."

"아, 그러셨구나. 요즘은 좀 어떠세요? 어디 불편하신데는 없으시구요?"

"나야 늘 괜찮지. 나보단 네가 더 조심해야 쓰겄다. 요즘엔 군대서 사고도 많이 난다는데."

"옙, 저는 열심히 제 몸 챙기고 있습니다."

"그려, 그려. 적당히 놀다 들어가. 아저씨는 씻는다."

"예!"

대한은 살갑게 인사를 마친 후 오정식을 데리고 밖으로 나갔다. 못 다한 대화를 마저 나누기 위해서였다.

대문 밖으로 나오자 오정식이 자연스럽게 담배를 권했고 대한이 피식 웃으며 고개를 내저었다.

"얼레? 담배도 끊었나?"

"그렇게 됐다. 너도 이참에 끊는 게 어떠냐? 몸도 약한 새끼가 담배는 무슨 담배냐?"

"암 센터 앞에 가 봐라. 거기 가면 담배 때문에 암 걸려 놓고도 담배 못 놓는 분들 천지삐까리다."

오정식은 그렇게 대답하고 한동안 말없이 담배를 태웠다.

생각할 시간이 필요했기 때문이다.

그리고 한참 뒤, 그제야 천천히 입을 열기 시작했다.

"진짜 씨발…… 내가 웬만하면 병신이랑 상종 안 하는데 이거 빚 갚는 거다."

"빚?"

"나 중1 때 말이야."

"아……."

중학교에 막 입학했을 때, 오정식은 박창섭과 마찬가지로 왜소한 체격과 꼬질꼬질한 생김새 때문에 왕따를 당할 뻔한 적이 있었다.

하지만 눈치 빠른 대한이 먼저 다가가 친구가 돼 주었고 결과적으로 모두와 잘 지낼 수 있었다.

그래서 2학년 때 발생한 박창섭 이야기에 뭐라 반박하지 못한 것.

대한이 웃으며 말했다.

"어쨌든 고맙다. 너밖에 없어."

"고마워하지 마. 딱 1년만 도와줄 거니까. 그리고 내가 봤을 때 네 사업은 반년도 안 가서 망해."

"그건 해 봐야 알 일이지. 나중에 돼서 일 더 시켜 달라고나 하지 마라. 그래서, 급여는 얼마 주면 되냐?"

"급여는⋯⋯."

오정식은 다시 담배 한 대를 추가로 물더니 장고 끝에 대답했다.

"삼백. 현금으로."

"너무 적은 거 아냐?"

"지랄하고 있네. 너 소위 월급이 얼만데 삼백이 적다고 하냐? 복권 당첨됐다고 금세 감 잃었어?"

"그건 아니고⋯⋯ 쏘리, 미안합니다."

"참 생각 없는 새끼⋯⋯ 난 이것도 후하다고 생각해. 하지만 너 도와주는 동안엔 내 공부도 제대로 못 할 것 같아서 이 정도로 부른 거야."

"상관없어. 원래는 진짜 천은 주려고 했으니까. 그리고 생각보다 할 일 없을 걸? 내가 하루 종일 일 시킬 것도 아니고⋯⋯ 그러니 시간 남을 때면 공부해도 돼. 그런 의미에서 난 네가 회계사 공부 계속했으면 좋겠다."

"CPA 난이도는 알고 하는 말이냐?"

안다.

하지만 그 어렵다는 7급 세무직도 합격한 오정식인데 CPA라고 못 할까.

"되면 좋잖아? 어차피 공부할 거. 학비는 내가 대 줄게. 절대 너 동정해서 그러는 거 아니고 고마워서 그래."

"뭘 얼마나 부려 먹으려고 벌써부터 밑밥 까는 거냐?"

"우선은 법인부터 만들어야지. 아는 법무사 있으면 찾아서 일 좀 진행해 줘라. 필요한 서류랑 도장은 내가 준비해서 넘겨 줄게."

"끝이야?"

"또 있지. 지금 주소 하나 문자로 보내 줄게."

오정식이 폰에 찍힌 주소를 보며 물었다.

"이게 뭔데?"

"아까 말한 종찬이 할머니 집 주소. 네가 병원 예약해서 좀 모시고 가. 모시고 갈 땐 양복 한 벌 맞춰 입고 회사원인 척 좀 하고. 근데 양복은 있냐? 아니다, 걍 사 입어. 돈 줄게."

"나 양복 있어."

"그거 진짜 촌스러운 거 알지? 적당히 하나 사 입어. 이참에 시계랑 구두도 적당한 걸로 사서 약간 엘리트 느낌 좀 내 봐. 그래야 나 대신 뭘 하든 태가 날 거 아냐?"

맞는 말이긴 했다.

이제 오정식은 대한의 대리자나 마찬가지였으니까.

"근데 너 운전할 줄 아냐?"

"할 줄은 알지. 왜?"

"차 한 대 사라고 하면 화낼 거냐?"

"미친 소리 좀 그만해라. 아직 돈도 한 푼 안 번 새끼가 뭔 놈의 돈을 그렇게 펑펑 써?"

음.

역시 이런 식의 설득에는 한계가 있군.

아무래도 추가적인 설득은 직접적인 투자를 통한 실력의 증명밖에는 답이 없을 듯했다.

"그래, 그럼. 암튼 계좌 남겨라. 월급이랑 활동비 좀 보내 놓을 테니까. 근무는 내일부터 하는 걸로 하자."

"뭐, 출퇴근해야 되고 그런 거야?"

"그럴 리가. 그냥 공부 하고 있다가 연락하면 움직여 줘. 우선은 법인 설립이랑 할머니 건강검진만 좀 해 주고."

"그래, 알겠다. 근데 회사 이름은 뭐로 할 거냐?"

"이름?"

회사 이름이라.

이건 한 번도 생각해 본 적이 없어서 좀 당황스러웠다.

대한이 좀처럼 대답하지 못하자 오정식이 말했다.

"우선은 네 이름 따서 DH투자라고 짓자. 이름이야 나중에라도 바꾸면 되니까."

"DH투자라…… 약간 올드하지 않냐?"

"어차피 망할 회사, 이름에 힘줘 봤자 무슨 소용이야?"

"하긴 그렇게 말하니까 또 별로 안 중요해 보이기도 하네. 그럼 넌 오 실장해라."

"사원이 나 하나뿐인데 실장이라…… 거참 황송하네."

"그럼 부탁할게, 오 실장."

"으휴."

오정식이 한숨을 쉬며 고개를 내젓는다.

그래도 이러나저러나 결국 오정식을 영입하는 데 성공했고 대한은 잘 부탁한다는 의미로 악수를 나누었다.

"그럼 나 간다."

"어디 가는데?"

"내일 엄마 건강검진 있어. 아, 이참에 너희 아버지도 건강검진 시켜 드릴까?"

"됐어, 내 아빠는 내가 알아서 해. 가라."

"그래, 간다."

대한을 태운 택시가 미끄러지듯 동네를 벗어난다.

Chapter 4

다음 날 아침.

대한은 엄마와 함께 아침 일찍 병원으로 향했다.

토요일 오전이었지만 대학 병원은 아침부터 사람들이 많았고 엄마도 검사복으로 갈아입고 나타났다.

"아휴, 오늘 할 게 참 많네."

"하는 김에 다 하는 게 좋지."

"근데 나 검사받고 하면 거의 하루 종일일 것 같은데 계속 같이 있으려고?"

"엄마 어차피 수면 내시경도 해야 되잖아. 그리고 나 약속 없어. 말했잖아, 갑자기 나온 거라고."

"그래도 그렇지, 황금 같은 주말이잖니."

"그 황금, 매주 돌아옵니다. 괜찮으니까 검사나 받아요. 끝나고 맛있는 거나 먹으러 가자."

"그럴까?"

대한이 알아보길, 췌장암은 발병 전까지 좀처럼 발견이 힘든 병이라고 했다. 그래서 여러 방면으로 문의하다 보니 결국 거의 모든 코스를 넣게 되었는데.

'대장 내시경, 위 내시경, 유방 초음파, 자궁 초음파, 갑상선 초음파…… 또 뭐더라? 전신 CT?'

이외에도 복부 초음파를 비롯한 간담췌 정밀 MRI까지 모조리 신청했다.

그렇게 나온 금액이 약 300만 원.

비보험에 불시 검사라 이만큼 나왔다.

하지만 전혀 아깝지 않았다.

췌장암만 미리 예방할 수 있다면 300만이 아니라 3억도 지불할 용의가 있었으니까.

'돈이 좋긴 좋네.'

대한이 엄마 손을 잡으며 물었다.

"근데 긴장은 안 돼요?"

"긴장은 무슨, 이렇게 든든한 아들이 있는데 뭐가 긴장되겠어."

"하긴. 내가 있는데 긴장할 필요는 없지. 그나저나 끝나고 뭐 먹을까?"

"간단하게 먹어도 되는데, 너 먹고 싶은 걸로 먹자."

"그럼 해신탕 먹자. 나 어제부터 해신탕 먹고 싶었거든."

"너 해신탕도 먹어 봤니?"

"어쩌다 한번 먹어 봤는데 맛있더라고. 국물도 시원하이."

"아는 데는 있고?"

"이미 알아놨지."

"그런 건 또 언제 알아났대?"

"사전 조사는 기본이지."

대한이 장난스레 웃어 보이자 그런 대한을 엄마가 흐뭇한 미소로 얼마간 바라보더니 말했다.

"그나저나 우리 아들 참 잘생겼네."

"갑자기?"

"그냥. 엄마는 요즘 매일이 꿈같거든."

"그건 나도 그래. 이렇게 행복해도 되나 싶어. 이게 꿈이라면 절대 깨고 싶지 않을 정도로."

"엄마도 그래. 사실 이 모든 게 꿈이 아닐까 싶어. 그래서 아침에 일어날 때마다 혼자 가슴이 조마조마하다?"

엄마도 그런 생각을 하고 있었을 줄이야.

새삼스레 엄마가 퍽 귀엽게 느껴졌다.

엄마가 물었다.

"근데 대한이는 전역하면 뭐 할 거야?"

"글쎄? 아직 고민 중이긴 해. 전역은 아직 멀었잖아?"

이제는 정말 멀어졌다.

원래라면 칼같이 전역하려던 대한이었지만 며칠 새 마음이 바뀌었으니까.

엄마가 말했다.

"한번 잘 고민해 봐. 엄마가 어제 티비를 보는데 티비에서 유명한 사람이 그런 말을 하더라. 사람은 행복하고 싶으면 좋아하는 걸 해야 하고 돈 벌고 싶으면 잘하는 걸 해야 한다고. 그러니 우리 아들은 좋아하는 걸 했으면 좋겠어. 돈은 이제 많잖아?"

"좋아하는 게 없으면?"

"그럼…… 그땐 그냥 엄마랑 놀면 되지?"

"그럴까?"

"지겨울 걸? 너도 장가는 가야지."

"에이, 내 나이가 몇 갠데 장가는 무슨."

"그러다가 결혼 때를 놓치는 거야. 요즘 만나는 애 없니?"

"없어. 아직은 관심도 없고."

"그래……? 설마 어디 뭐 문제 있는 건 아니지? 막 남자를 좋아한다거나."

"무슨 말을 하는 거야. 나 여자 좋아해. 그러니까 이상한 말 좀 하지 마."

"호호, 농담이야, 농담~."

그때, 간호사가 엄마의 이름을 불렀다.

"윤영숙 님?"

"네, 가요! 아들 다녀올게?"

"어, 갔다 와."

그렇게 엄마의 건강검진이 시작되었다.

멀어져 가는 엄마를 보며 대한은 생각했다.

'그나저나 단장 와이프는 검진받았으려나⋯⋯.'

나중에 한번 확인해 봐야겠다고 생각한 대한이었다.

✄

풀코스 검진이다 보니 시간이 꽤 걸렸지만 대한은 끝까지 엄마 곁을 지켰고 약속했던 해신탕까지 먹으며 주말을 잘 마무리했다.

그리고 부대에 복귀하려던 일요일 저녁.

오정식에게 전화가 왔다.

"어, 무슨 일이냐?"

—중간보고하려고 전화했지.

"중간보고?"

—네 부하 최종찬이 할머니 찾아뵙고 건강검진 예약 잡아 드렸다. 내 돈 아니라서 풀코스로 예약하긴 했는데 한 삼백쯤 나오더라.

"잘했네. 우리 엄마도 풀코스로 하니까 그쯤 나오더라고. 할

머니는 정정하시든?"

─뭐, 연로하신 것 빼고는 정정하신 것 같던데? 폐지로 생계 유지하시는 터라 집에 쌀이랑 반찬 같은 거 사드리고 홍삼도 넣어 드렸다. 그리고 기름보일러 쓰시길래 혹시 몰라서 기름도 채워 드리고 왔고. 아, 하는 김에 밥솥이랑 전자레인지도 너무 오래돼서 바꿔 드렸다. 괜찮지?

"괜찮지. 양복 입고 갔냐?"

─어. 네 말대로 백화점 가서 풀세트로 맞췄다. 하는 김에 머리도 했는데 볼래?

"봐봐."

대한의 말에 오정식이 셀카를 보내왔다.

못생긴 건 어쩔 수 없지만 확실히 머리도 제대로 다듬고 안경도 바꾸니 엘리트 증권맨 느낌이 났다.

"역시 엘리트 증권맨은 마르거나 뚱뚱하거나 둘 중에 하나지. 깔끔하네."

─비싼데서 했으니까.

"얼마나 비싼데?"

─2만 원.

"비싸네. 동네 이발소 가면 오륙천이니까. 그래서 보고할 건 이게 끝?"

─아는 선배 통해서 법무사 찾아놨어. 서류 필요한 거 있으면 요청할 테니까 준비해 놔. 이상 끝.

"오케이. 수고해라."

통화가 종료되자 대한이 피식 웃으며 휴대폰을 주머니에 넣었다.

'뭔가 본격적으로 시작되는구만.'

확실히 오정식을 꼬셔 오길 잘했다는 생각이 든다.

'그럼 이제 복귀를 한번 해 보실까.'

이제 남은 훈련은 2주.

그리고 훈련이 끝나면 그동안 미뤄 왔던 것들을 실행할 때였다.

대한이 가벼운 발걸음으로 부대로 복귀한다.

※

그로부터 2주 뒤, 3주에 걸친 동원 훈련이 모두 끝났다.

돌아오는 주 월요일, 부대는 정비 기간을 가졌고 일과가 시작되자 대대 병력 모두가 사열대 앞 연병장으로 모였다.

이윽고 대대장 박희재와 정작과장이 등장했고 선임 중대장인 2중대장 정우진이 외쳤다.

"부대 차렷!"

"경례 생략하고…… 다 모였나?"

"예! 그렇습니다!"

정우진이 대표로 대답하자 박희재가 주변을 둘러보며 고개를 끄덕였다.

"3주 동안 훈련하느라 고생 많았다. 이렇게 긴 훈련이 끝났는데 포상이 없으면 안 되잖아?"

그 말에 대대 병력들이 박수치며 환호하기 시작했다.

기계적인 리액션이 아니었다.

긴 훈련이 끝나고 나면 늘 포상이 주어졌으니까.

이윽고 인사과장이 표창 수여식을 진행했다.

"지금부터 동원 훈련 유공자에 대한 표창 수여식을 거행하겠습니다. 대상자 앞으로."

인사과장의 말에 미리 선정된 대상자들이 박희재 앞에 섰다.

그중에는 이영훈과 대한도 포함되어 있었다.

대상자들이 모두 자리에 위치하자 이영훈이 박희재를 향해 외쳤다.

"대대장님께 대하여 경례!"

우렁찬 경례 소리와 함께 박희재의 경례가 이어졌고 곧 수여식이 시작됐다.

"이동하시어 수여하시겠습니다."

박희재가 이영훈 앞에 멈춰 서서 표창장을 열었고 인사과장이 표창장에 적힌 내용을 낭독하기 시작했다.

"1중대 대위 이영훈, 위 사람은 평소 투철한 군인 정신으로 부여된 임무를 성실히 수행하여 왔으며 특히……."

낭독이 끝난 뒤 박희재가 이영훈에게 표창을 건네자 이영훈이 큰 목소리로 대답했다.

"대위 이영훈! 감사합니다!"

"고생했다, 1중대장."

"아닙니다!"

"아니기는."

박희재가 웃으며 이영훈의 어깨를 툭 친다. 그런 다음 옆에 있는 대한에게로 이동했다.

순서는 이영훈 때와 같았다.

하지만 바라보는 눈빛만큼은 이영훈 때와 확연히 달랐다.

"소위 김대한! 감사합니다!"

"그래, 우리 김 소위. 부대 적응하기도 힘들었을 텐데 이번 훈련 동안 정말 잘했다. 축하한다."

"감사합니다! 더 열심히 하겠습니다!"

"그래. 앞으로도 기대하지. 그리고 혹시나 해서 하는 말이지만, 이번 표창은 훈련 기여도를 고려해서 정말 엄격한 기준으로 뽑았으니 자랑스러워해도 된다."

"……!"

말을 마친 박희재가 씩 웃음과 동시에 이영훈 때와 마찬가지로 격려의 의미로 어깨를 한 대 툭 치고 다시 옆으로 간다.

그리고 그 한 번의 터치가…… 대한의 가슴을 먹먹하게 했다.

"……."

대한은 가슴이 벅차올랐다.

그도 그럴 게 훈련이 끝나고 간부들에게 주는 표창은 자력에 올라가는 표창이라 훈련에서의 기여도와는 상관없이 1년에 걸쳐 모두가 공평하게 받아 가는 것이 관례.

그런데 박희재는 이번엔 그러지 않았다고 대한에게 직접 말해 주었다.

이것은 인정이었다.

상급자로서 진심 어린 마음으로 하급자의 공을 치하하는 인정.

그렇기에 가슴이 뛰었다. 군대는 어떤 관점에서 보면 상급자의 인정을 받는 것이 전부라고 할 수 있는 곳이었으니까.

특히 전생의 대한은 첫 동원 훈련에서 안 좋은 기억밖에 없었기 때문에 이번에 받은 표창이 더더욱 의미가 깊었다.

이어서 병사들의 표창이 이어졌고 그들의 표창이 이어지는 동안 대한은 벅차오르는 감동을 즐겼다.

어쩌면.

이번엔 정말로 자신이 군대 체질일지도 모른다는 생각을 하면서.

이윽고 병사들에 대한 포상 수여가 모두 끝났다.

1중대에선 곽재훈이 받았다.

당연했다.

모두가 고생하긴 했지만 훈련 전부터 특히나 제일 고생한 사람이 바로 곽재훈이었으니까.

'이번엔 재우까지 가르친다고 특히나 더 바빴지.'

그 노고를 알기에 이영훈이 곽재훈을 포상 수여자로 추천한 것이기도 했고.

표창 수여식이 끝나자 대상자들 모두 각 중대로 복귀했고 대한이 중대로 돌아와 자리에 서자 옆에서 누군가 조용히 말을 걸어왔다.

"벌써 자력에 하나 추가했네."

2중대 소대장이자 대한의 동기, 소위 정호준이었다.

정호준이 부러운 표정으로 표창을 턱짓으로 가리켜 보이자 대한이 별것 아니라는 듯 대답했다.

"어차피 너네도 다 받을 건데 뭘. 알잖아? 형식적으로 다 주는 거라는 걸."

"그렇겠지? 그나저나 훈련 잘했나 보다? 난 정신이 하나도 없던데."

"처음이니까 어쩔 수 없지. 중대장님께 많이 여쭤봐."

"…중대장님한테?"

그 말에 정호준은 박희재 앞에 서 있는 자신의 상관, 2중대장 정우진을 힐금 쳐다봤다.

"말도 못 걸겠던데 질문은 무슨……."

"너무 쫄아 있는 거 아냐? 같이 훈련 해 보니까 좋은 분이시던데? 너무 겁먹지 말고 네가 먼저 다가가 보는 건 어때?"

그때, 정호준 옆에서 두 사람의 대화를 듣고 있던 윤지호가 말했다.

"야, 김대한."

"응?"

"표창 하나 먼저 받았다고 설마 우리 가르치려 드는 거냐?"

"가르치려 들다니? 너 말이 좀 이상하다?"

"말본새가 좀 그렇잖아. 듣기 좀 거북해서 그런다."

음.

이 자식 봐라?

전생에서는 이렇게까지 삐딱하지 않았는데 이번엔 왜 이러는 거지?

설마 질투하는 건가?

놀랍게도 질투가 맞았다.

과거의 대한은 지금처럼 에이스가 아닌 폐급이라 견제할 가치조차 못 느꼈었으니까.

하지만 에이스로 취급받는 지금, 장기에 목숨 건 윤지호에게 있어 대한은 비육사 인물들 중 가장 경계해야 될 1순위 인물이었다.

뒤늦게 윤지호의 심정을 헤아린 대한이 피식 웃으며 그 말을 받아치려던 찰나, 모른 척 대화를 듣고 있던 이영훈이 조용히 한마디 했다.

"조용히들 안 하냐? 대대장님 훈시하시잖아."

"죄송합니다."

나이스 타이밍.

덕분에 더 말을 안 해도 돼서 다행이었다.

"이어서 대대장님 훈시가 있겠습니다."

그 말에 정우진이 '훈시!'를 외쳤고, 박희재의 훈시가 시작됐다.

"부대 일정상 이번 주는 부대 정비 주로 확실하게 내실을 다잡는 기간이 되었으면 한다. 여기서 말하는 내실이란······."

훈시.

교장 선생님의 훈화 말씀과도 같은 것.

하지만 박희재는 훈시를 오래하는 스타일이 아니었고 훈시를 금방 끝낸 박희재는 대대 병력들에게 경례를 받고 서둘러 자리를 떠나 주었다.

이윽고 박희재가 사라진 걸 확인한 정우진이 중대장들에게 말했다.

"중대에 전파 사항 전달할 거 있음 전달하고, 바로 내 방으로 모여."

"예, 알겠습니다."

그 말에 이영훈이 대답을 마친 뒤 자신의 뒤에 정렬해 있는 1중대를 향해 물었다.

"취사병들 제외하고 다 모여 있지?"

"예, 그렇습니다."

"그래. 부대 정비 주를 맞이해 우리 중대는 이 기간 동안 개인 면담에 집중할 생각이다. 이따 중대장 회의 끝나면 위에서부터 차례대로 오면 돼. 그리고 혹시나 하는 의미로 너희들한테 몇 가지 물어볼 게 있는데…….”

말을 잇던 이영훈이 잠깐 뜸을 들이며 중대원들과 눈을 맞춘 후 질문을 이어 나갔다.

“안 그럴 거라고 믿고 있지만 혹시라도 본인이 반입 금지 물품을 가지고 있다, 거수.”

그 말에 대한이 입꼬리를 작게 올렸다.

드디어 시작되었기 때문이다.

이영훈의 말에 중대원들은 침묵을 유지했다.

이영훈이 말했다.

“없어? 지금 자수하면 가볍게 끝내 줄 수 있는데?”

그러나 이번에도 돌아오는 대답은 없었다.

이 질문은 마치 수학여행에서 술 담배 가져온 사람보고 자수하라는 것과 마찬가지인 꼴이었으니까.

이영훈의 말이 이어졌다.

“역시 1중대는 다르네. 그럼 병사들끼리 부조리가 있다는 걸 알거나 부조리를 저지르는 병사에 대해 아는 바가 있다는 사람 거수.”

이번에도 같았다.

손드는 사람도, 말하는 사람도 없었다.

“없다 이거지? 역시 1중대는 다르구만. 좋아, 그럼 난 중대장 회의 갈 테니까 모두들 막사로 복귀하도록.”

“예, 알겠습니다!”

그 말에 모두들 우르르 막사로 복귀하기 시작한다.

그 과정에서 대한과 이영훈의 눈이 마주쳤고 두 사람은 소리 없이 입꼬리만 끌어 올렸다.

✖

정우진이 전파한대로 중대장들 모두 2중대장실로 모였다.

회의를 시작하기에 앞서 정우진이 음료수를 꺼내 중대장들에게 돌리며 말했다.

“진혁아, 중대장은 할 만하냐?”

본부 중대장, 최진혁 중위.

학군 출신으로 대한의 한 기수 선배였다.

이전 보직으로는 2중대 소대장이었고 정우진의 밑에 있다가 본부 중대장을 맡게 된 인물이었다.

정우진의 물음에 최진혁이 앓는 소리를 냈다.

“혼자 하려니 죽을 것 같습니다.”

“그러니까 내가 그냥 소대장이나 계속 하라고 했잖아. 왜 말을 안 들어?”

“이 정도일 줄은 몰랐습니다. 그냥 장기 지원하기 전에 중대장 한번 해 보고 싶어서 온 건데 막상 겪어 보니 전 군대 체질이 아닌 것 같습다."

"좀만 더 버텨 봐. 그럼 소대장보다 훨씬 재밌어질 거니까. 안 그러냐, 영훈아?"

"맞습니다, 선배님. 중대장만큼 재밌는 보직도 또 없을 겁니다."

"그래, 대대장님도 본부 중대장 잘한다고 말씀하시더라."

대체적으로 화기애애한 분위기.

덕분에 회의 내용도 잡담 사이에 섞여 가벼운 분위기에서 진행되었다.

"그래서, 1중대는 이번 주에 뭐 하나?"

정우진의 물음에 이영훈이 대답했다.

"저희는 이번에 중대원들 전체 면담을 진행할 예정입니다."

"연통 최신화도 시키고 좋네. 이참에 다른 중대도 이번 주에 면담 다 최신화시키면 좋겠다. 오후에는 뭐 할 거냐?"

"축구 하려고 했는데 일이 생겨서 징계위원회를 좀 준비해야 될 것 같습니다."

"징계?"

그 말에 중대장들이 관심을 보이기 시작했다.

"누가 사고 쳤냐?"

"사고는 아니고 그동안 제가 모르고 있던 병사 간의 부조리가 적발돼서 제대로 조질 예정입니다."

"흠, 생각보다 사안이 좀 무겁네. 누군데?"

"곽주진 병장이라고 분대장입니다."

"분대장급이라고? 생각보다 더 큰데?"

"예, 게다가 사안도 좀 복잡한지라…… 그런 의미에서 선배님께서 징계위원으로 참석해 주시면 안 되시겠습니까?"

징계위원은 같은 중대 간부들로만으로 구성할 수 없다.

혹시 모를 감싸 주기를 방지하기 위함이었다.

이영훈의 부탁에 정우진이 눈을 가늘게 뜨며 말했다.

"난 안 봐주는데? 괜찮겠어?"

"예, 오히려 좋습니다."

"그러지 뭐. 그럼 1중대는 이제 알겠고 본부는?"

정우진이 다른 중대들의 계획을 빠르게 종합해 나가기 시작한다.

※

중대장들이 회의하는 그 시각.

대한은 황재우를 간부 연구실로 불렀다.

"충성! 간부 연구실 용무 있어 찾아왔습니다."

"어, 이리 와 앉아."

요 몇 주간 큰 훈련을 겪고 난 직후라 그런지 황재우는 전보다 훨씬 더 씩씩한 모습이 되어 있었다.

대한이 말했다.

"녹음 잘됐더라. 그동안 고생했다."

"아닙니다, 소대장님이 더 고생하셨습니다."

대한은 동원 훈련 간 틈틈이 녹음기를 충전해 주며 꽤 많은 폭언의 증거를 건질 수 있었다.

이제 남은 건 다른 증거들을 모으는 것뿐.

"그보다 휴대폰 찾은 것 같다며?"

"예, 그렇습니다. 아무래도 화장실에 있는 것 같습니다."

"화장실?"

"예, 제가 불침번 설 때였는데 분명 곽주진 병장이 생활관에서 나올땐 주머니가 불룩했는데 화장실에서 돌아올 땐 주머니가 납작해져 있었습니다."

"잘못 본 건 아니고?"

"서너 번이나 같은 광경을 목격해서 확신할 수 있습니다."

"그래?"

황재우의 눈에 확신의 빛이 어려 있다.

그렇다면 확인해 봐야지.

대한이 물었다.

"주진이 지금 어디 있냐?"

"생활관에서 중대장님 면담 기다리는 중입니다."

"화장실은 뒤져 봤고?"

"예, 변기 물탱크 뚜껑까지 다 열어 봤는데 없었습니다."

"잠시만 기다리고 있어."

"같이 찾아 드립니까?"

"아냐, 괜찮아. 짐작 가는데가 있어."

대한은 혼자 화장실로 향했다.

그런 다음 얼마 뒤 단장님 전용 마음의 편지함을 가지고 다시 간부 연구실로 돌아왔다.

'물탱크까지 다 뒤졌는데도 없으면 뻔하지.'

마음의 편지함을 본 황재우가 말했다.

"소대장님, 그건⋯⋯."

"물탱크까지 다 봤다며, 그럼 여기밖에 없어."

·대한이 편지함을 흔들며 말했다.

그러나 아무런 소리가 들리지 않자 황재우가 의아함에 물었다.

"하지만 아무 소리도 안 나는데 말입니다?"

"걔가 은닉 원데이 투데이 했겠냐, 테이프로 붙여 놨거나 휴지 같은 걸로 감싸 놨겠지. 무게를 들어 보니 이 안에 있는 것 확실해."

확신했다.

가뜩이나 이용되지 않는 편지함인데다가 설령 무언가 들어 있다 한들 그래 봤자 종이 쪼가리밖에 없을 게 바로 마음의 편지함이었으니까.

대한은 일자 드라이버를 가지고 와 열쇠 구멍 옆 빈 공간을 찔러 넣었다.

그러자 경쾌한 소리와 함께 마음의 편지함이 열리며 편지함 벽에 테이프로 고정돼 있는 곽주진의 휴대폰이 세상에 모습을 드러냈다.

"오! 소대장님! 진짜 있습니다!"

"무조건이지."

대한은 핸드폰을 꺼내 황재우에게 흔들어 보이며 말했다.

"고생 많았다. 이제 간부들이 알아서 할 테니까 가서 쉬어. 기대 이상의 결과가 있을 거다."

"예, 감사합니다!"

기대 이상의 결과.

그 말에 황재우가 그 어느 때보다도 가벼운 발걸음으로 나갔고 대한도 뒤이어 전리품을 챙겨 중대장실로 향했다.

✳

얼마 뒤, 박희재에게 중대장 회의 보고를 마친 정우진이 1중대 중대장실로 향했다.

이영훈이 부탁한 징계위원 건 때문이었다.

1중대장실 앞에 도착한 정우진이 문을 두드렸다. 그러나.

"대기! 기다려!"

후배였지만 예의상 두드린 문인데 대기라니?

이게 뭔 일인가 싶어 그냥 문을 열고 들어갔고 놀란 이영훈이 황급히 소리쳤다.

"뭐야! 들어오지 말라…… 어? 선배님이셨습니까?"

"충성!"

"뭔데 기다리라고 해? 어, 1소대장도 같이 있었네?"

이영훈만 있는 줄 알았더니 대한도 같이 있었다.

정우진이 대한의 경례를 받아 주며 가까이 다가갔다.

"뭐 하고 있었길래 들어오지 말라고 한 거야?"

그 물음에 대한이 얼른 중대장실 문을 잠그며 말했다.

"증거들을 재확인하고 있었습니다."

"증거? 징계하는데 증거도 있어?"

"예, 그렇습니다."

대한은 정우진에게 휴대폰과 녹음기, 그리고 곱게 접힌 종이들을 보여 주었고 정우진은 그중 접힌 종이들부터 펼쳐 보았다.

그 종이는 황재우가 일전에 적어 낸 부조리에 대한 것들이었다.

정우진은 한동안 미간을 좁히며 그것을 보았고 얼마 뒤 시선을 옮겨 이영훈에게 말했다.

"야, 1중대장."

"예, 선배님."

"부대가 이 꼬라지가 될 때까지 뭐 했냐?"

"죄송합니다."

"넌 중대장이란 새끼가…… 휴, 됐다, 소대장도 있으니까 여기까지만 한다. 잘하자, 영훈아."

"예, 선배님."

이후 정우진은 나머지 것들을 차례대로 전부 확인했고 그사이. 이영훈은 어색해진 분위기를 풀고자 넌지시 입을 열었다.

"거기 내용들, 전부 김 소위가 면담하면서 찾은 내용들입니다."

"……네가 찾은 게 아니라고?"

그러나 오히려 역효과였다.

그 덕에 정우진의 표정은 더 차가워졌고 이영훈의 낯빛이 어두워졌다.

얼마 뒤 녹음을 비롯한 쪽지 내용을 전부 확인한 정우진이 한숨을 푹 내쉬며 물었다.

"소대장 아니었음 얘는 진작에 자살했겠네. 그런 의미에서 소대장한테 한번 물어보자. 너, 애 어떻게 하고 싶냐?"

그 물음에 대한이 기다렸다는 듯 정우진의 눈을 똑바로 보며 대답했다.

"솔직히 말씀드려 저는 곽주진 병장을 육교에 보내고 싶습니다."

"육교? 육군 교도소?"

"예, 그렇습니다."

"육교라……."

육교라는 말에 정우진이 침음을 삼켰다.

심정은 이해한다.

하지만 아무리 봐도 이건 육교에 보낼 사이즈가 아니었다.

아니, 설령 그럴 사이즈라 하더라도 웬만하면 내부 징계로 무마한다.

왜냐하면 병사든 간부든 누구 하나 육교로 보내는 순간, 관련자들 중 일부가 책임을 지고 군복을 벗거나 진급에 지장을 줄 만큼 큰 피해를 받기 때문이다.

물론 그러한 피해도 어떤 종류로 육교에 가냐에 따라 다르긴 하지만 이 같은 경우는 병력 관리 소홀이 확실하기 때문에 반드시 상급자가 책임을 질 수밖에 없을 터.

대한의 대답에 정우진은 자기도 모르게 이영훈을 보았다.

만약 곽주진이 육교에 간다면 소대장들은 별 피해가 없겠지만 앞으로 계속 진급해야 되는 이영훈에게는 피해가 갈 것이기 때문.

이영훈도 그 사실을 알아서였을까?

정우진의 눈빛을 본 이영훈이 먼저 입을 열었다.

"저는 괜찮습니다. 따지고 보면 이게 다 제가 중대원 관리를 못 해서 생긴 일인데 오히려 이제야 알게 되어 선배님 말마따나 굉장히 부끄럽습니다."

그 말에 정우진은 조금이지만 놀랐다. 그래도 이영훈이 정신 머리 똑바로 박힌 놈이라는 걸 알게 됐으니까.

'아까 뭐라고 한 게 괜히 미안해지네.'

정우진이 말했다.

"그래, 알겠다. 하지만 이 정도로는 육교 보내기 힘든 건 알지?"

"예, 알고 있습니다. 그래서 다른 방식으로 좀 더 준비해 보려고 합니다."

"다른 방식?"

그 말에 대한이 얼마간 설명을 잇기 시작하고 정우진이 고개를 끄덕이기 시작했다.

"확실히 그러면 좀 더 나올 수도 있을 것 같네. 좋아, 진행해봐."

"예, 감사합니다."

대한의 대답에 정우진은 얼마간 깊은 눈빛으로 대한을 바라본다. 똘똘한 놈인 줄은 알고 있었지만 이 정도일 줄은 몰랐기 때문이다.

정우진이 방을 나서기 전, 저런 부하를 뒀다는 것에 대한 부러움에 이영훈의 어깨를 한 번 토닥인 뒤 중대장실을 나선다.

✳

'뭐야, 편지함 어디 갔어?'

그 시각, 중대 화장실.

곽주진은 화장실에 설치되어 있던 단장님 전용 마음의 편지함이 사라진 걸 보고 당황스러움을 금치 못 했다.

분명 아침때까지만 해도 있었는데 이게 대체 어디로 간 거지?

심장이 쿵쿵 뛰기 시작했다.

그 안에는 절대 들켜선 안 될 반입 금지 품목인 휴대폰이 있었으니까.

곽주진은 화장실 곳곳을 한참 동안이나 뒤지던 끝에 결국 행정반으로 향했다.

행보관만큼이나 부대 사정을 잘 알고 있는 곽재훈이라면 뭔가 알 수도 있을 것 같아서.

그런 생각을 하며 곽주진은 노크도 없이 행정반 문을 열어젖혔다.

"야, 곽재훈!"

그 모습에, 여유로이 커피를 마시고 있던 박태록이 어이가 없다는 표정으로 곽주진을 쳐다봤다.

곽재훈 또한 깜짝 놀란 표정으로 곽주진과 박태록을 눈알만 굴리며 살폈다.

박태록이 인상을 찌푸리며 말했다.

"다시 들어와."

"예? 아, 행보관님 제가 지금 급한 일이……."

"다시 들어오라고, 이 새끼야!"

쩌렁쩌렁.

박태록의 목소리가 행정반에 울린다.

곽주진은 아까 변명을 해선 안 됐다.

그러나 너무 당황한 나머지 실수를 저질러 버리고 말았고 그제야 정신이 번쩍 들었다.

"충성! 죄송합니다, 보급관님. 제가 정신이 없어서 그랬습니다. 그러니 재훈이랑 얘기 조금만……."

"이 새끼가 끝까지 정신을 못 차리네?"

"곽 병장님! 일단 나가십쇼. 제가 생활관으로 가겠습니다."

"아니, 간단한 거야. 화장실에 있던 마음의 편지함 있잖아, 그거 어디 갔는……."

가관이었다.

병장이면 최소 보급관과 중대장에게 까불면 안 된다는 걸 알텐데도 마음이 너무 급했다.

더불어 평소의 건방진 습관도 채 떨쳐 내지 못했다.

그게 화근이었고 결국 박태록을 자리에서 일어나게 만들었다.

그때였다.

"어어?"

쿠당탕!

일순 곽주진의 몸이 붕 뜨더니 뒤로 날아가 볼썽사납게 넘어진다.

이게 무슨 날벼락인가 싶어 고개를 들어 보니 다름 아닌 대한이었다.

"너 지금 뭐 하는 짓거리야?"

대한의 살벌한 목소리.

그러나 자신을 집어던진 이가 대한이라는 걸 안 곽주진은 순간 화가 솟구쳤다.

대한은 자신에게 있어 만만하기 그지없는 인물이었고 곽주진은 강약약강의 표본 같은 인간이었으니까.

그래서 자리에서 일어나 소리쳤다.

"아, 지금 뭐 하시는……!"

그러나 곽주진은 그 말도 채 끝까지 잇지 못했다.

말을 모두 뱉기도 전에 다시 한번 몸이 붕 뜨며 자리에서 넘어졌기 때문이다.

대한이 소위 '와사바리'라 불리는 유도 기술인, '모두걸기'로 넘어뜨렸기 때문이다.

"곽주진, 정신 나갔어? 내가 네 친구야?"

대한은 쓰러진 곽주진에게 물었고 곽주진의 얼굴이 벌게졌다. 쪽팔린 것도 쪽팔린 거였지만 주체할 수 없이 화가 났기 때문이다.

당연했다.

자신의 덩치가 작은 게 아닌데 볼썽사납게 넘어진 것도 쪽팔림의 이유라면 이유였지만 자신을 한 번도 아니고 두 번이나 넘어뜨린 사람이 다른 사람도 아니고 평소 만만하게 보던 쏘가리 새끼였으니까.

하지만 이상하게도 목소리가 나오지 않았다.

자신을 내려다보는 대한의 눈빛이 자신이 평소에 알던 대한의 그것이 아니었기 때문이다.

"곽주진, 생활관으로 가."

"……."

그 말에 곽주진은 입술을 앙 다문 채 자리에서 일어나 몸을 돌렸다.

대한이 말했다.

"곽주진."

멈칫!

곽주진의 발걸음이 멈춘다.

그리고 매서운 눈빛으로 자신을 노려보았으나 대한은 전혀 아랑곳 않고 좀 전의 살벌한 눈빛을 이어 나가며 말했다.

"관등성명 안 대?"

"병장 곽주진."

"경례 안 해?"

"충성."

"다시."

"충성."

"마지막이다, 다시."

"……충성."

"가."

세 번의 재경례 끝에 그제야 곽주진의 굽혀진 손가락이 제
대로 펴졌다.

대한은 턱짓으로 경례를 대신 받아 준 후 행정반으로 들어가
문을 닫았다.

복도에는 곽주진만 남았다.

"익, 익……!"

화가 났다.

너무 화가 나서 손가락이 다 부들부들 떨렸다.

곽주진은 그대로 생활관으로 돌아가 고함을 질렀다.

"으아아아! 씨발!"

곽주진의 포효에 1생활관은 얼어붙은 듯 조용해졌고 곽주진
의 오른팔인 연성목이 황급히 곽주진에게 붙어 자초지종을 살
피기 시작했다.

"곽주진 병장님? 무슨 일이십니까? 괜찮으십니까?"

"말 걸지 말고 꺼져."

"담배라도 한 대 피우시면서 일단 진정하시는 게…….''

"야."

"예?"

"예에? 예에?"

그 순간.

퍽!

곽주진이 연성목의 가슴팍에 주먹을 내질렀다.

"끅! 곽주진 병장님, 갑자기 왜…….."

"예에?"

짜악!

곽주진은 이어서 연성목의 뺨을 때렸다.

그게 시작이었다.

"예에? 관등성명 안 대지? 군대 시발 아주 잘 돌아간다, 어? 일병이라는 새끼가 예에?"

퍽! 퍼억! 퍽!

관등성명.

그건 그냥 구실이었다.

곽주진은 지금 오갈 데 없는 분노를 표출할 곳이 필요했다.

연성목은 그저 운 나쁘게 걸렸을 뿐.

구타는 계속됐고 연성목은 속절없이 폭력을 감당해야만 했다. 방어할 생각조차 못 했다.

평소 욕설은 자주 했어도 자신에겐 폭행 한 번 한 적 없는 곽주진이었기에 이 상황 자체가 몹시 충격적이었기 때문이다.

"후……."

얼마 뒤, 곽주진의 거친 호흡만이 생활관을 채울 때 그제야 이성을 찾은 곽주진이 말했다.

"데리고 꺼져. 들어오면 죽인다."

그 말에 얼어 있던 황재우가 황급히 연성목을 데리고 나갔다.

갑자기 쫓겨난 두 사람은 일단 흡연장으로 향했는데 두 사람 다 이 상황이 믿기지 않는다는 듯 멍하니 의자에 앉아 허공을 응시했다.

그렇게 얼마간 침묵이 이어지던 끝에 눈치를 보던 황재우가 조심스레 연성목에게 물었다.

"저…… 연성목 일병님, 괜찮으십니까?"

그 순간.

황재우의 말이 스위치가 됐는지 고개를 떨어뜨리고 있던 연성목의 눈에서 눈물이 뚝뚝 떨어지기 시작했다.

"여, 연성목 일병님?"

"아, 씨발…… 왜 눈물이 나지? 아, 진짜 X같네……."

눈물이 멈추지 않았다.

당황스럽고 억울하고 화가 났기 때문이다.

황재우도 연성목의 마음을 대강 이해했기에 더는 묻지 않고 조용히 자리에서 일어나 연성목의 앞을 자신의 몸으로 가려 주었다.

그때였다.

"재우야, 담배 끊는다며?"

"어, 충성!"

황재우에게 알은체를 하는 이.

다름 아닌 이영훈이었다.

정우진이 나가고 뒤늦게 한숨 돌리러 흡연장에 나왔는데 마침 황재우를 발견한 것.

　아직 연성목을 보지 못한 이영훈이 넉살 좋게 대화를 이어 나갔다.

　"야, 너 담배 끊는다며? 대한이가 그러던데 너 대한이 보는 앞에서 담배도 다 버렸담서?"

　"아, 예, 하하…… 맞습니다."

　"근데 왜 흡연장엘 기웃거려? 역시 너도 담배 참기가 힘들지? 그래 담배는 끊는 게 아니라 잠깐 쉬는 거랬…… 뭐야, 누구야?"

　"저, 그게…….''

　이영훈이 뒤늦게 연성목을 발견하자 연성목도 뒤늦게 자리에서 일어나 애써 울음을 삼키며 경례를 올렸다.

　그러나 울음이란 건 삼켜서 숨긴다고 숨길 수 있는 게 아니었다. 이상함을 감지한 이영훈이 가까이 다가와 심각한 표정으로 물었다.

　"성목이 아냐? 너 왜 울어?"

　"흐읍, 흐읍. 아닙, 흐읍, 흐읍."

　"아니긴 뭐가 아니야? 얘 왜 이래? 무슨 일이야?"

　"그게…….''

　이영훈의 다그침에 황재우는 결국 모든 사실을 실토할 수밖에 없었고 이번에도 곽주진의 이름이 나오자 이영훈의 안색이 급속도로 어두워졌다.

"그게 사실이야?"

"……예, 그렇습니다."

"하…… 성목아, 네가 한번 말해 봐. 정말 사실이야?"

"…예, 그렇습니다."

연성목의 기어 들어가는 목소리에 이영훈은 잠시 눈을 감고 하늘을 보았다. 그리고 얼마간 화를 삭인 뒤 깊게 한숨을 내뱉으며 고개를 내렸다.

"재우야, 일단 성목이 데리고 의무실 좀 다녀와라."

"예, 알겠습니다."

"성목아, 의무반 갔다 오면 생활관으로 가서 쉬어. 주진이는 내가 따로 격리시켜 놓을 테니까. 걱정하지 말고."

"흐읍, 흐읍. 예, 흐읍, 흐읍. 감사합니다……."

이젠 더 이상 방치할 수가 없었다.

이영훈은 피우려던 담배를 다시 집어넣은 채 1생활관으로 향했다.

쾅!

이영훈이 문을 거칠게 열어젖히자 누워 있던 곽주진이 인상을 찌푸리다 말고 자리에서 벌떡 일어나 경례를 올렸다.

"충성."

"충성은 지랄, 짐 싸 이 새끼야."

"갑자기 왜 그러십니까?"

"왜 그러십니까? 왜 그러십니까아?"

왜 그러냐는 물음에 이영훈은 얼굴을 붉히며 곽주진에게 성큼성큼 다가갔다.

그런 다음 곽주진의 코앞까지 얼굴을 들이밀며 죽일 듯이 곽주진을 노려보았다.

"이 새끼가 지가 뭘 잘못했는지도 몰라? 이거 완전 미친 새끼 아냐? 당장 짐 싸서 화장실 앞에 있는 생활관으로 꺼져. 넌 앞으로 사흘간 격리 조치다. 일과고 뭐고 아무것도 하지 말고 거기 찌그러져 있어, 알겠어?"

이영훈의 속사포 같은 명령에 곽주진은 그제야 일이 뭔가 잘못 돌아가고 있음을 깨달았다.

하나 항변할 수 없었다.

항변하기엔 자신이 저지른 잘못이 너무 많아 어떤 걸 항변해야 될지 감조차 오지 않았기 때문이다.

그렇기에 곽주진은 억울함을 삼키며 대답할 수밖에 없었다.

"……예, 알겠습니다."

그리고 그것이 곽주진의 징계위원회가 열리는 신호탄이 되었다.

✖

그때부터 중대는 난리가 났다.

중대장 면담이 잡혀 있던 오전 일과가 취소되고 소대원들에게 모두 종이와 펜이 하나씩 지급되었다.

동시에 생활관마다 간부들도 1명씩 배치되었다.

펜과 종이가 모두 지급되자 스피커를 통해 이영훈의 목소리가 흘러나오기 시작했다.

"다들 벽 보고 앉아라. 그리고 지금부터 본인들이 곽주진에게 받았던 피해나 목격한 부조리를 전부 적는다. 혹시나 해서 말해 두는 건데 이제 와서 모르는 척 하거나 덮어주려는 경황이 드러나면 곽주진이랑 같이 엮어서 싸그리 처리해 버릴 거니까, 양심껏 적어라."

그 말에 중대원들 모두의 눈이 휘둥그레 커졌다.

마음의 편지 같은 설문 조사야 이따금씩 돌아오는 것이라 별로 놀랍지가 않지만 중대장님이 이 정도로 강경하게 말할 줄이야.

그러나 일부 중대원들은 조용히 속으로 고개를 끄덕이며 올게 왔다고 수긍했다.

"질문은 일체 받지 않을 거니까 적으려면 적고, 적기 싫으면 적지 마. 대신 빈 종이는 용납 못 한다. 적을 게 없는 사람은 육군 복무 신조 두 번씩 적어."

육군 복무 신조를 적으라고 한 건 혹여 이런 상황에 홀로 펜대를 놀리는 사람이 의심받지 않게 하기 위한 최소한의 안전 장치였다.

덕분에 중대원들은 한결 부담 없이 곽주진을 고발할 수 있게
됐다.

단 1명.

곽주진만 빼고서.

"이익……!"

곽주진은 화장실 앞 빈 생활관에 격리됐다.

당연히 펜과 종이는 지급되지 않았고 대신 스피커를 통해 흘
러나오는 이영훈의 목소리는 공평하게 들을 수 있었다.

곽주진의 얼굴이 벌게졌다.

쪽팔린 것도 쪽팔린 거였지만 그것을 뒤덮을 정도로 화가
났기 때문이다.

'어떤 새끼야……! 어떤 새끼가 감히……!'

반성의 기미는 전혀 보이지 않았다.

이 와중에도 누가 자신을 찔렀을까 소리 없는 분노만 내뿜을
뿐. 그리고 그 분노의 대상은 다름 아닌 황재우였다.

본인도 알았기 때문이다. 자신이 저지른 부조리 중 황재우에
대한 것이 가장 크다는 걸.

얼마 뒤 설문 조사가 끝났고 본격적인 분류 작업이 중대장실
에서 시작됐다.

그런데 생각보다 육군 복무 신조만 적어 낸 종이가 적었고 다
양하게 쏟아져 나온 부조리 내용들에 대한은 속으로 미소를 지
었다.

'그럼 그렇지. 이런 놈이 한 사람한테만 그런 짓을 했을 리가 없지.'

물론 경중이야 황재우에 비할 바는 아니었지만 죄질을 부풀리면 얼마든지 부풀릴 수 있는 것들이었다.

이영훈이 물었다.

"뭐 특별히 나온 내용 있냐?"

"보시겠습니까?"

대한이 옆에 따로 빼놓았던 종이들 중 일부를 이영훈에게 건넸다.

"당직 부사관 근무 중 불침번에게 컵라면 심부름을 시킨 뒤 물이 많다는 이유로 컵라면을 바닥에 다 부어버리고 불침번에게 청소를 시킴, 거울 보고 이길 때까지 가위바위보 시킴, 잦은 담배 심부름, 반찬 뺏어 먹기, 툭하면 젖꼭지 잡고 한 바퀴 돌림, 보급 팬티 2장 찢음, 꼬추 만짐…… 이 새끼 뭐야? 대체 어떤 인생을 살아온 거야?"

"대단하지 않습니까?"

"이거 진짜 순 미친 새끼였네……."

고발 내용을 본 간부들이 모두 혀를 내두른다.

✴

그로부터 사흘 뒤 목요일, 곽주진의 징계가 열리는 날.

오전 10시.

드디어 곽주진의 징계위가 시작되었다.

본격적인 징계위가 시작되기 전, 정우진이 굳은 표정으로 징계 서류를 확인하며 대한에게 물었다.

"이거 전부 징계 대상자가 인정한 내용들 맞지?"

"모든 내용에 대해 인정했고, 출석 통지서를 받은 후 3일간 징계 대상자가 제출한 반박 증거 또한 없습니다."

군대에서 징계를 받는다고 하더라도 즉각적으로 징계가 이루어지진 않는다.

정말 특별한 경우가 아닌 이상 보통은 행정적인 절차를 확실하게 지켰고 그 예로 3일의 유예 기간을 준다.

그동안 반박할 게 있으면 해 보라는 의미에서였다.

하지만 곽주진은 아무런 반박도 하지 않았다.

대한의 말에 정우진이 헛웃음을 터뜨리며 말했다.

"정신 나간 새끼군. 3일 동안 더 사고 친 건 없고?"

"예, 확실하게 격리시켜 두었습니다."

"후…… 그래, 알겠다. 이제 나가 봐."

그 말에 이영훈과 대한이 밖으로 나갔고 이번 징계위에서 간사를 맡은 박태록이 징계위의 시작을 알렸다. 그러자 서기를 맡은 곽재훈이 복도에서 기다리고 있던 곽주진을 불렀고 곽주진은 위풍당당한 모습으로 중대장실로 들어왔다.

"징계 대상자는 자리에 앉아 주시고 그럼 지금부터 곽주진 병장에 대한 징계위원회를 시작하겠습니다."

이윽고 곽주진의 징계위원회가 시작되었다.

✖

"우리도 시작하자."

"예."

징계위가 시작되자 밖으로 나온 이영훈과 대한은 즉시 행정반으로 향했다.

행정반에는 연성목과 황재우, 그리고 전우찬이 대기 중이었다.

이들은 곽주진에게 피해를 입은 대표적인 피해자들로 저번설문 조사 때 최종적으로 추려 낸 '증인'들이기도 했다.

"성목아, 괜찮냐?"

"아, 예…… 괜찮습니다."

연성목의 얼굴에는 아직 멍과 붓기가 남아 있었다.

그래도 대한의 말에 웃으며 대답했고 그런 연성목을 보자 마음이 무거워졌다.

'자기 오른팔 같은 애를 이렇게 패다니.'

이래서 윗사람 잘 만나야 한다는 건데…….

'그나저나 우찬이도 적어 낼 줄은 진짜 몰랐네.'

말 그대로였다.

연성목과 황재우는 이미 알고 있던 사실들이었지만 전우찬은 의외였다.

사유는 하극상.

대한이 있는 부대는 1개월 동기제를 실시하고 있는데 아무리 한 달 밖에 차이가 안 나도 위계질서는 분명히 존재했다.

하지만 아무리 그래도 함께 지낸 시간이 길고 병장쯤 되면 친구처럼 지내기 마련.

그러나 그것도 위에서 풀어 줘야 가능한 일이지 전우찬의 경우엔 곽주진이 멋대로 선을 넘었고.

그동안 귀찮아서 그냥 무시하고 있던 전우찬이 이번 기회를 빌어 곽주진을 혼내 주려는 것이었다.

대한이 걱정스러운 투로 말했다.

"우찬아, 주진이가 딴 건 다 인정했는데 네가 말한 사실들만 인정을 안 했어. 그래서 우리도 징계 서류에 안 넣었고. 그래도 진술할 수 있겠어?"

"군대에서 있었던 일은 군대에서 다 털고 가야 하지 않겠습니까. 저는 이렇게 된 김에 그동안 저 혼자 생각했던 것들을 이야기할 수 있어 기쁘게 생각하고 있습니다. 그뿐입니다."

"그래, 네가 그렇다면야 뭐 알겠다."

전우찬의 말에 모두들 고개를 끄덕였다.

이제는 기다리는 일만 남았다.

정우진이 말했다.

"그럼 간사는 진행해 주시길 바랍니다."

그 말에 간사를 맡은 박태록이 서류에 적혀 있는 내용들을 읽어 내려가기 시작했다.

"곽주진 병장의 혐의로는……."

박태록은 위원들과 곽주진이 제대로 들을 수 있도록 또박또박 말했다.

황재우와 불침번들에게 가했던 가혹행위.

연성목에게 가한 폭행.

반입 금지 물품 반입.

분대 활동비 횡령.

성군기 위반 등.

용케도 안 걸렸다는 생각이 들 정도로 다양했다.

그만큼 박태록의 말을 길어졌고 박태록의 말이 길어지면 길어질수록 곽주진은 표정 관리가 어려워졌다.

본인이 저지른 잘못에 대해 부끄러워서 그런 게 아니다.

지금 불리고 있는 혐의들 중 대부분이 자신은 장난이라 생각했던 것들이 꽤 있어서 억울함에 화가 난 것이다.

잠시 뒤, 드디어 박태록의 말이 끝났고 정우진이 곽주진에게 물었다.

"곽주진 병장, 좀 전에 낭독된 모든 사항들을 인정하나?"

"예, 인정합니다."

놀랍게도 곽주진은 혐의들을 부정하지 않았다.

죄를 인정해서라기보다는 어차피 잡아떼 봤자 변할 게 없는 걸 알아서 그냥 인정한 것뿐.

"그래, 인정한다는 거지…… 위원들 중 질문할 사항 있는 사람?"

그 말에 위원으로 참석한 1중대 소대장들, 백종우와 3소대 장이 동시에 없다고 대답했다.

"그럼 내가 질문하지. 곽주진 병장?"

"예."

"유독 황재우에게 가혹행위가 심했던데 그 이유가 뭐지?"

그 말에 곽주진은 조금도 망설이지 않고 생각해 둔 대답을 말했다.

"그건 가혹행위가 아니라 중대에서 내려오던 관례였습니다. 신병들이 빠르게 적응하기 위해 강하고 확실한 방법을 사용한 것일 뿐입니다."

"관례라고?"

"예, 그렇습니다. 소대장님들은 아시겠지만, 재우가 군대에서 적응이 좀 느린 편입니다. 그래서 도와주려는 마음에 시작한 몇 가지 행위들이 조금 과해졌을 뿐, 절대 괴롭히려던 의도는 아니었습니다."

그 말에 정우진은 잠시 눈을 감았다.

아.

저 새끼 진심이구나.

상황을 모면하려면 그럴싸한 변명이라도 대답했을 텐데 너무 신념 있게 말해서 순간 할 말을 잃었다.

그래서 화가 배로 밀려왔다.

정우진은 속으로 분노를 삭인 뒤 서기로 참석한 곽재훈에게 말했다.

"서기, 잘 적고 있나?"

"예, 중대장님."

"일단 다 듣고 이야기하겠다. 그럼 연성목은 왜 때린 거지? 듣기로는 평소 오른팔이라 불렀을 만큼 아주 가까운 사이라고 들었는데."

"그건…… 성목이가 선임인 저한테 하극상을 했기 때문입니다."

"하극상이라고? 그런 내용은 전혀 없는데?"

"성목이가 진술을 잘못한 것 같은데 생활관에 돌아온 저에게 사회에서 만난 것처럼 말을 걸고 후임이 해선 안 되는 행동을 했기에 그랬습니다. 때린 건 잘못되었지만, 이유가 없던 건 아닙니다."

"하…… 그래, 그래. 그럼 불침번에게 라면을 끓여 오라고 한 뒤 그 라면을 바닥에 던진 건?"

"던진 게 아니라 뜨거워서 놓친 겁니다."

"실수라는 말이지?"

"예, 맞습니다."

"그럼 네가 한 실수를 불침번이 알아서 치워 준 거고?"

"예."

"그럼 분대 활동비 횡령한 건?"

"그건 횡령이 아닙니다. 전 돈이 많습니다. 그와 더불어 평소에 제가 중대원들에게 쓰는 돈이 상당해서 그냥 분대 활동비랑 묶어서 같이 써 준 것뿐입니다."

"……알겠다."

반입 금지 물품에 대해서는 더 말하지 않았다.

말할 필요도 없는 건인 것과는 별개로 저런 새끼한테 이유를 더 묻고 싶지 않았으니까.

"위원들 질문 끝났고 그럼 이제 피해자들을 부르겠습니다."

피해자들의 증언은 필수 코스 중에 하나였다. 그래야 곽주진의 진짜 모습을 볼 수 있을 테니까.

이윽고 대한이 피해자들을 징계 위원회가 열린 중대장실로 인솔해 들어오자 곽주진이 의아하다는 표정으로 말했다.

"……우찬이 형?"

그러나 전우찬은 그런 곽주진의 반응을 무시하고 눈도 마주치지 않은 채 자리에 섰다.

정우진은 우선 전우찬에게 질문을 이어 나갔다.

"전우찬 병장이 여기에 없는 내용을 말하는 거지?"

"예, 그렇습니다."

"그래, 천천히 이야기해."

말할 기회가 주어지자 전우찬이 일부러 곽주진을 한 번 쳐다보고 속으로 한숨을 내쉰 후 입을 열었다.

"저는 소위 말하는 먹힌 군번이었습니다. 동기가 없었기에 바로 밑에 있는 곽주진, 박태현 병장이 소대의 실세처럼 군림했습니다. 물론 이 사실 때문에 온 건 아닙니다. 전 실세 자리 같은 것엔 관심이 없고 아무나 할 수 있다고 생각하기 때문입니다. 하지만 하극상은 참을 수가 없었습니다."

"뭔 하극상?"

그때 곽주진은 전우찬의 말을 듣던 중 순간적으로 발끈해 끼어들었다.

그 모습을 본 전우찬이 말했다.

"지금도 그렇습니다. 절 선임으로 생각하지 않기 때문에 저럴 수 있는 겁니다. 물론 말년이 되면 형 동생 한다지만 전 한 번도 그런 걸 허락한 적이 없었습니다. 하지만 곽주진은 멋대로 말을 놓았고 후임들 앞에서 제 권위를 짓밟는 행동들을 했습니다. 일개 병사가 무슨 권위냐고 하실 수도 있겠지만, 저뿐만 아니라 1소대장님에게도 똑같이 행동했습니다."

"아니, 전 뱅! 그런 일이 있었으면 따로 말하던지 남자 새끼가 꿍해져 있다고 왜 갑자기 그런 소릴 해? 그리고 당신 옛날을 생각해 봐! 애들 패고 다닌 건 당신이었잖아!"

"내가 애들을 팼다고?"

전우찬의 표정은 더할 나위 없이 당당했다.

더불어 마치 쓰레기를 보는 듯한 눈빛.

그 눈빛에 일순 곽주진의 기가 눌렸다.

이후, 연성목의 피해 호소가 이어졌고 황재우의 차례가 되었다.

황재우가 반걸음 앞으로 나오자, 곽주진은 상대를 죽일 듯한 눈빛으로 황재우를 노려보았고 그 모습을 본 정우진이 곽주진에게 말했다.

"곽주진 병장, 책상 쳐다봐."

"후⋯⋯."

곽주진의 한숨 소리에 순간 달려가서 뒤통수를 후릴 뻔했으나 정우진은 가까스로 참았다.

이윽고 황재우의 말이 이어졌다.

"저는 곽주진 병장과 같은 분대가 된 이래 단 하루도 군대에서 마음 편히 숨 쉬어 본 적이 없었습니다."

황재우는 천천히, 그리고 담담하게 자신이 겪은 피해와 그동안의 심정.

그리고 만약 대한이 알아주지 않았다면 미래에 벌어졌을 일들까지 하나도 빠짐없이 모두 풀어냈고 말을 이으면 이을수록 목소리가 먹먹해지더니 종국엔 두 눈에 눈물이 그렁그렁 맺혀 있었다.

"……이상입니다."

"그래, 고생했어. 그동안 힘들었겠네."

"……감사합니다."

정우진이 고개를 돌려 책상을 쳐다보고 있는 곽주진에게 말했다.

"곽주진 병장."

"예."

"황재우 일병한테 뭐 할 말 없나?"

그 말에 곽주진은 고개를 들고 벌게진 얼굴의 황재우를 보더니…….

"없습니다."

"그래…… 없다, 이거지."

놀랍게도 아무런 말도 하지 않았다.

그 말에 정우진을 비롯한 방 안의 모든 사람들이 고개를 내 젓거나 한숨을 내쉬었고 이어서 정우진이 말했다.

"이제 위원들끼리 처분을 결정해야 하니 모두들 밖에서 대기해 주시기 바랍니다."

정우진의 말에 곽주진을 포함하여 위원들을 제외한 모든 사람들이 중대장실을 나갔고.

박태록은 위원장 정우진과 나머지 위원들에게 투표용지를 나누어 주며 설명했다.

"각자 투표한 뒤 접어서 저한테 주시면 됩니다."

그때였다.

정우진이 박태록에게 질문을 한 건.

"보급관님, 혹시 어디까지 생각하시고 계십니까?"

그 물음에 박태록이 되물었다.

"중대장님, 그게 무슨 말씀이십니까?"

"저는 이 일을 결코 간과해선 안 된다고 생각하고 있습니다. 하지만 제 결정에 따라 보급관님에게도 피해가 갈 수도 있습니다. 그걸 아시냐고 묻는 겁니다."

그 말에 박태록이 쓰게 웃으며 말했다.

"중대장님, 지금은 제 안위를 걱정하는 자리가 아니라 곽주진을 벌하는 자리입니다. 생각해 주신 건 감사하지만 저는 괜찮습니다. 오히려 행정 보급관으로서 병사들 관리에 미흡했던 제 스스로가 부끄러울 지경입니다. 그러니 소신껏 투표해 주시면 감사하겠습니다."

"알겠습니다."

사실 정우진은 이미 이영훈과 대한에게 들어 알고 있었다.

아마 박태록도 알고 있을 테지.

하지만 그럼에도 박태록에게 이런 질문을 한 건 다른 징계위원들 때문이었다.

두 사람은 1중대의 2소대장과 3소대장이었지만 아직 내부 사정을 듣지 못했을 수도 있기에 이런 식으로 힌트를 준 것.

투표용지에는 근신부터 강등까지 처벌의 강도를 정하는 칸이 있었고 위원들은 빠르게 선택을 끝마칠 수 있었다.

투표는 금방 끝났다.

잠시 후 박태록은 투표용지를 확인하기 시작했고. 그 결과는……

"강등 3표. 곽주진의 징계는 강등으로 결정되었습니다."

강등.

징계위에서 내릴 수 있는 가장 큰 처분.

결과를 말하는 박태록은 쓴 웃음을 지었다. 이미 예상한 바이지만 그래도 입이 쓴 건 어쩔 수 없었으니까.

정우진이 휴대폰을 꺼내 이영훈에게 전화를 걸었다.

"영훈아."

—충성. 무슨 문제 있으십니까?

"잠시 너만 들어와 봐."

—예, 알겠습니다.

앞에서 대기하고 있던 이영훈은 곧장 중대장실 문을 열고 들어왔다. 그리고 분위기를 살피더니 조심스레 질문했다.

"투표 끝났습니까?"

"응, 끝났어."

"결과 여쭤봐도 되겠습니까?"

"예상했다시피 최고 수준이야. 근데 정말 괜찮겠나?"

"예, 상관없습니다, 선배님. 그때도 말씀드렸지만 병력 관리를 못한 제 잘못 아니겠습니까?"

"……알겠다. 일단 나가 있고 이따 대대장님께 보고드릴 때 같이 가자. 밖에 곽주진 있으면 불러오고."

"예, 알겠습니다."

이윽고 곽주진이 들어와 자리에 앉자 정우진이 징계 결과에 대해 알렸다.

"징계 결과는 강등으로 결정되었습니다."

곽주진은 그 결과를 듣자마자 피식 비웃었다.

그럼 그렇지.

최고 처벌이라 해 봤자 끽해야 강등이니까.

그래서일까?

곽주진이 준비해 온 생각을 말했다.

"항고하겠습니다."

항고.

징계 대상자가 징계 결과를 받아들이지 못할 때 더 큰 상급 부대에서 징계를 받고자 신청을 하는 것.

쉽게 말해 중대라면 대대, 대대라면 단으로 올려서 다시 받겠다는 말.

그러니 중대 징계를 실시하고 있는 지금, 항고를 한다면 대대징계로 바뀌어서 다시 진행해야 했다.

그 말에 정우진이 한숨을 한 번 푹 내쉰 후 대답했다.

"곽주진 병장, 강등은 어차피 법무부 가서 심사 평가를 받아야 해. 거기 가서 억울하면 징계 수위는 낮아지니까 거기 가서 말하면 된다."

"그래도 항고하겠습니다."

그 말에 정우진은 화를 꾹꾹 참으며 재차 설명을 이어 나갔다.

"곽주진 병장, 정신 차려. 어차피 항고해서 대대, 단 징계까지 올라간다고 해서 뭐 달라질 것 같아? 중대 징계에서 있었던 일들을 우리가 다 말해 줄 텐데 결과가 더 심해지면 심해졌지 절대로 약해질 일은 없을 테니 그냥 받아들여."

"음…… 알겠습니다."

그제야 수긍하는 곽주진.

그 특유의 표정은 사람을 참 열받게 만드는 재주가 있었다.

"후…… 그래, 이상으로 곽주진 병장의 징계위원회를 마치겠습니다."

정우진의 말에 상황이 마무리되었다.

더 이상의 항고는 없었고 이제 결과에 대한 책임을 준비할 차례.

정우진은 징계 서류를 챙겨 이영훈을 불렀다.

"보고드리러 가자."

"예, 알겠습니다."

이제부터가 중요했다.

대한이 준비한 처벌은 고작해야 강등 따위가 아니었으니까.

두 사람은 잔뜩 긴장한 얼굴로 대대장실로 향했다.

✳

얼마 뒤, 박희재는 두 사람이 가지고 온 징계 서류를 꼼꼼히 읽기 시작했다.

두 사람을 앞에 세워 둔 채 한참 동안이나 서류를 읽어 내려가던 박희재는 이내 징계 서류를 한쪽으로 밀어 놓으며 말했다.

"1중대장."

"대위 이영훈!"

"중대 관리 똑바로 안 하지?"

"……죄송합니다."

이영훈은 박희재의 말에 심장이 내려앉는 듯했다.

지휘관은 책임을 지는 자리로서 이런 결과에 대한 책임은 온전히 이영훈이 다 가져가야 했다.

물론 대대장인 박희재도 그 책임에서 자유로울 수 없는 건 마찬가지. 하나 책임을 떠나 이번 일은 지휘자로서 혼나야 할 일도 맞았다.

그래서 혼내는 것.

"2중대장."

"예, 대대장 님."

"넌 후배들 안 챙기냐? 잘못하고 있으면 잘할 수 있도록 방법을 알려 줬어야지."

"좀 더 신경 썼어야 했는데, 죄송합니다."

"에휴, 모자란 것들……."

박희재는 정우진에게도 한 소리 한 뒤 한숨을 푹 내쉬었다.

잠시 침묵이 흐른 후, 다시 박희재의 입이 열렸다.

"영훈아."

"대위 이영훈!"

"너 군 생활 계속할 거냐?"

그 물음에 이영훈은 몇 초간의 침묵 끝에 기어 들어가는 목소리로 말했다.

"……예, 그렇습니다."

"그런데 어쩌자고 이런 걸 이제 가져와?"

이영훈은 박희재의 말에 아무런 말도 할 수 없었다.

강등이라는 징계 결과가 이영훈의 군 생활에 큰 문제가 될 수는 없다.

하지만 강등 심사가 시작됐을 때 조사관이 발견한 사실이 이것이 전부가 아니라면 재판까지 충분히 갈 수도 있는 사항.

그래서 정우진이 염려했던 것이다.

끽해야 영창으로 끝나는 중대나 대대징계야 진급에 별 영향이 없지만 데리고 있던 병사가 재판을 받는다면 그 어떤 경우라도 지휘관은 그 책임에서 자유로울 수가 없었으니까.

이영훈이 말했다.

"죄송합니다. 하지만 제가 전부 책임질 생각으로 진행시킨 일입니다."

"군복 벗겠다고?"

"예, 다 제 불찰입니다."

"쯧쯧."

박희재는 이영훈의 말에 혀를 찼다.

"창창한 놈이 뭘 이런 것 가지고 군복을 벗네 마네 하고 있어? 군복은 때 되면 벗고. 내 말은 보고를 왜 일찍 안 했냐고."

"……예?"

"보고를 할 거면 증거를 모으려고 할 때부터 보고하지, 왜 그랬냐?"

"죄송합니다. 지휘 부담 드리고 싶지 않아서 보고를 못 드렸습니다."

"쯧쯧, 요즘 애들은 이게 문제야. 크고 작은 문제들은 모두 소통의 부재에서 비롯된다고. 야, 정우진이."

"예, 대대장님."

"내가 언제 너네가 보고한다고 뭐 가져오면 힘들다고 뭐라 한 적 있어?"

"……없으셨습니다."

"근데 왜 안 들고 와? 이 정도면 애초에 헌병대에 맡겼으면 됐잖아, 안 그래?"

"예, 헌병대가 조사할 만한 사항이었던 것 같습니다."

"어휴, 일단 자리에 앉아서 이야기하자."

박희재는 고개를 저으며 자리에서 일어나 회의 테이블로 이동했다.

두 사람은 박희재를 따라 양옆 소파에 자리했고 박희재가 이영훈을 향해 말했다.

"이거 다 네가 조사한 거냐?"

"최초 발견은 김대한 소위였습니다. 저도 김대한 소위가 보고해서 알았고 제가 한 건 뒤늦게 도와준 것 밖에 없습니다."

"대한이? 또 개야? 이야, 그놈 그거 물건은 진짜 물건이네. 들어온 지 얼마 안 된 놈이 자기 부하까지 끝내주게 케어하는구만. 그래서, 대한이가 뭐라든? 확실하게 처벌하고 싶다든?"

"예, 확실히 처벌해야겠다는 마음이었고, 저 또한 그랬기에 김 소위를 최대한 밀어 주었습니다. 그리고 사실대로 말씀드리자면 사실 이번 징계 건은 애초에 재판을 염두에 두고 진행시킨 건이었습니다."

"그게 무슨 말이야? 재판을 염두에 두다니?"

"처음부터 헌병대를 부른다고 해도 높은 수위의 처벌이 이루어질 거란 확신을 하지 못했습니다. 아직 곽주진을 두려워하는 병사들이 있어 모른 체 하거나 덮어 줄 염려도 있었고 구체적인 증거도 부족했기 때문입니다."

강등 심사 평가에 들어가면 헌병대에서는 모든 걸 새롭게 조사할 수밖에 없다. 그도 그럴 게 징계 대상자가 억울한 일을 겪었을 수도 있으니까.

예컨대 중대 간부가 일부러 곽주진을 강등시키기 위해 허위 자료를 이용했을 가능성을 염두에 두기에 그러한 것들을 파악하는 과정이 필요했다.

그러나 이젠 많은 증거와 증언이 나와 그럴 가능성이 사라졌고 오히려 조사 과정에서 또 다른 문제를 발견할 가능성만 높아졌다.

곽주진은 완벽하게 고립되었으니까.

이영훈의 말에 박희재가 고개를 끄덕였다.

"일리 있네. 내가 봐도 충분히 그럴 수 있었을 것 같아. 하지만 그렇다고 간부들 목숨을 걸어?"

간부들.

이영훈과 박태록, 그리고 박희재를 말하는 것이었다.

소대장들은 피해를 받지 않는다.

계급이 낮았으니까.

그 말에 이영훈은 죄인이라도 된 것처럼 고개를 숙였다.

그때, 박희재가 씩 웃으며 껄껄 웃기 시작했다.

"재밌네. 군 생활 끝까지 하길 잘했어. 마지막까지 이렇게 재밌는 구경도 다 하게 되고 말이야."

박희재의 웃음에 정우진과 이영훈은 서로 눈치를 보며 박희재의 심경을 유추했지만, 두 사람은 도무지 저 웃음이 어떤 종류의 웃음인지 가늠하지 못했다.

이윽고 박희재의 말이 이어졌다.

"어이, 이영훈이."

"대위 이영훈."

"건방진 놈, 네깟 놈이 책임이란 걸 질 수가 있는 짬이냐?"

"그, 그게 무슨 말씀이신지……."

"에라이 모자란 놈아, 네깟 놈이 책임져 봤자 그 책임이 얼마나 되겠냐는 말이다. 그런 건 최소 영관급은 돼야 무게가 사는 거야. 알아?"

"……예?"

"곽주진이 내가 책임진다고. 넌 군 생활 계속해."

"대, 대대장님!"

"너는 예전에 이미 곽주진에 대한 내용을 나한테 보고했었으나 내가 깜빡하고 방치하다 보니 일이 이렇게 된 거야. 알겠어?"

"아, 아닙니다! 어떻게 제가 그럴 수가 있겠……."

"시끄러, 이 자식아! 나 말년이야. 그리고 겨우 이런 걸로 나한테 피해가 올 것 같냐? 넌 내가 말년이란 것에 진짜 감사해야 돼. 알아?"

"대, 대대장님…… 아닙니다. 이건 제가 책임지고……!"

"거참 말 많네. 건방 떨지 말고 입 다물어."

"……예."

합죽이가 된 이영훈.

그제야 박희재가 흡족한 표정으로 말했다.

"그래, 그럼 이제 다 됐네. 이 건은 내가 책임지기로 하고 전부 다 이놈을 확실하게 처벌하길 바라는 것 같으니 뒤는 내가 알아서 하마. 헌병대에는 내가 연락할 테니까 둘 다 나가 봐. 그리고 내가 부르지 않는 이상 찾아오지도 말고. 혹시나 해서 이야기하는 건데 찾아와서 죄송하단 말하면 죽는다, 알겠어?"

"예, 알겠습니다!"

"됐어, 그럼 이제 나가 봐."

두 사람은 손날을 꼿꼿이 세워 경례를 올렸고 이윽고 두 사람이 대대장 실을 빠져나가자 박희재가 씩 웃으며 휴대폰을 꺼내 들었다.

"웃긴 놈들."

그러고는 50사단 헌병대장에게 전화를 걸었다.

"어, 천 중령, 잘 지냈나?"

─충성! 선배님 잘 지내셨습니까. 오랜만에 연락하는 것 같습니다.

50사단 헌병대장, 천용득 중령.

박희재의 대학교 직속 후배로서 헌병 병과를 선택해 중령까지 올라간 능력 있는 군인이었다.

"하하, 헌병대장이랑은 최대한 연락 안 하는 게 좋은 거잖아?"

─그것도 그렇습니다. 그나저나 어쩐 일로 일과 중에 연락을 다 주셨습니까?

"어, 내가 부대 관리를 잘못해서 병사 한 놈을 보내야 될 것 같아서."

ㅡ아이고, 어쩌다 그런 일이…… 근데 그게 뭐, 어디 선배님 잘못이시겠습니까?

"그럼 내가 지휘관인데 내 잘못이지 인마, 아무튼 수고 좀 해 줘야겠다."

ㅡ아휴, 수고라니 당치도 않습니다. 그나저나 징계해야 될 게 병사입니까, 아님 간부입니까? 혹시 조사도 저희가 처음부터 다 해야 합니까?

천용득의 꼼꼼한 물음에 박희재는 웃으며 대략적인 상황 설명을 해 주었고 이내 천용득도 웃으며 고개를 끄덕였다.

ㅡ저런…… 듣기만 해도 아주 나쁜 놈인 것 같습니다. 그럼 언제 데리러 가면 되겠습니까?

"혹시 지금 당장 와 줄 수 있나? 미루기가 좀 그래서 말이지."

ㅡ지금 당장이라…… 선배님이 부탁하시는데 당연히 가야죠. 그럼 지금 바로 출발하겠습니다. 그리고 출동하는 김에 제가 직접 갈 테니 오랜만에 얼굴이나 한번 보시죠.

"그래, 조심히 와라."

역시 헌병대장이었다.

원래라면 늦게 올 놈들이 지금 바로 출발한다는 걸 보면.

이윽고 통화가 종료됐고 박희재가 흡족함에 고개를 끄덕였다.

Chapter 5

두 중대장이 박희재를 만나러 간 그 시각.

대한은 곽주진이 짐을 챙기는 것을 곁에서 확인하고 있었다.

"장구류 제외하고 다 챙기면 돼. 이젠 이 부대에 올 일 없을 거야."

"아, 예. 제가 알아서 잘 챙길 겁니다."

퉁명스레 대답하는 곽주진을 대한은 얼마간 쳐다보던 끝에 물었다.

"주진아."

"왜 자꾸 부르십니까?"

"애들한테 사과하고 갈 거냐?"

그 말에 곽주진이 어이가 없다는 표정을 지으며 대답했다.

"어차피 징계받을 텐데 뭔 사괍니까. 안 할 겁니다."

"그래, 사람이 참 한결 같아서 좋네. 너 알아서 해라."

쯧쯧.

이놈 이거 언제 사람 될런지…….

보통은 사과를 하는 게 좋다.

그도 그럴 게 헌병대에서 조사를 할 땐 사실 확인을 위해 피해자를 호출하는데 이때를 위해 조금이라도 일찍 사과해 놓는다면 처벌이 조금이라도 약해질 가능성이 있었으니까.

그러나 역시 곽주진.

한결같은 건방진 태도에 대한은 오히려 홀가분함을 느꼈다.

'그래, 어쩌면 지금 하는 사과가 사과처럼 들리기야 하겠냐만은…….'

되려 가식이라고 생각하겠지.

그러니 진정으로 피해자를 위한다면 말뿐인 사과보다는 제대로 된 처벌이 훨씬 나을 것이다.

대한은 짐 챙기는 곽주진을 홀로 생활관에 놔둔 채 흡연장으로 이동했다.

슬슬 보고하러 간 두 사람이 돌아올 때가 됐으니까.

그리고 얼마 뒤, 대한의 예상대로 두 중대장이 대한의 앞에 나타났다.

대한을 발견한 이영훈이 물었다.

"언제 나와 있었냐?"

"충성! 곽주진 병장, 짐 챙기는 거 확인하고 내려와서 중대장님들 기다리고 있었습니다."

"흡연장 올 줄 어떻게 알고 기다리고 있어?"

"갑갑한 마음에 한 대 하실 것 같았습니다."

"새끼…… 담배도 안 피우는 놈이 생각하는 건 진짜 흡연자 못지않다니까."

이윽고 정우진과 이영훈이 흡연장에 앉아 자연스레 담뱃불을 붙였다.

정우진이 말했다.

"대한아."

"소위 김대한."

"대대장님이 너 칭찬하시더라."

"절 말씀이십니까?"

칭찬?

대한의 의문스러운 표정에 정우진이 말했다.

"넌 진짜 여우인지 곰인지…… 그래 인마, 네가 재우 케어를 잘해서 벌어진 일인데 당연히 칭찬하시지."

좀 의외였다.

귀찮은 일 벌였다고 욕이나 안 하면 다행이라고 생각했는데…….

그러나 더 놀라운 건 뒤이은 이영훈의 말이었다.

"그래도 다행히 대대장님이 커버해 주시기로 하셨다."

"아……."

그 말에 대한은 얼른 놀란 표정을 지어 보였다. 그러나 지어 보인 표정과는 별개로 사실 어느 정도 예상은 하고 있었다.

전역이 얼마 안 남은 양반한테 진급에 필요한 점수 따윈 없을 것이고 말년에 오히려 이런 상황을 책임져 주는 것이 상관으로서 더 명예로운 일이었으니까.

'물론 그 양반이 책임 안 졌어도 상관없긴 한데…….'

대한은 지금도 똑똑히 기억했다.

알면서도 모든 걸 덮으려 했던 중대 간부들의 행동을.

그래서 이번 일을 진행함에 있어 간부들의 안위는 조금도 고려하지 않았다. 물론 그렇다고 해서 이영훈과 박태록이 아무런 타격을 받지 않은 게 아쉬운 건 아니었다.

이번 일을 계기로 이영훈과 박태록은 앞으로 더 열심히 병력 관리에 힘을 쓰게 될 것이고 대신 총대를 짊어진 박희재에게 미안해서라도 바르게 살아갈 확률이 더 높아질 테니까.

정우진이 말했다.

"그래. 영훈이가 책임지겠다고 했는데 바로 혼났잖아. 대위가 뭘 책임지냐고."

"정말 감사드리고 죄송스러울 따름입니다."

이영훈이 쓰게 웃자 정우진이 이영훈의 어깨를 토닥였다.

"대대장님 얼굴 생각해서라도 앞으로 더 열심히, 더 바르게 군 생활해. 그게 네가 보답할 수 있는 유일한 방법이다."

"예, 선배님."

그때였다.

지잉. 지잉.

대한의 휴대폰이 울렸다.

휴대폰에는 처음 보는 번호가 찍혀 있었는데 거절 문자를 보내려던 것도 잠시, 뭔가 이상한 느낌에 전화를 받았다.

"예, 전화 받았습니다."

―김대한 소위, 핸드폰 맞습니까?

"예, 그렇습니다. 누구십니까?"

―어, 나 50사단 헌병대장 천용득 중령이라고 하는데.

"추, 충성! 죄송합니다!"

대한은 바로 자리에서 일어나 관등성명을 댔다.

그 반응에 천용득은 여전히 사람 좋은 목소리로 대한에게 말했다.

―하하, 죄송은 무슨. 내 번호 없었을 텐데 물어볼 수도 있지. 그나저나 나 한 30분 뒤에 부대 도착하는데 애들 좀 한데 모아 놔라, 설문조사 돌려야 할 것 같으니까.

"예! 알겠습니다! 병영식당에 집합시켜 놓겠습니다!"

―그래, 고생 좀 해 주고 좀 이따 보자.

"예, 조심히 오십쇼! 충성!"

대한이 절도 있는 목소리로 전화를 받자 이영훈이 궁금한 표정으로 물었다.

"누구냐?"

"50사단 헌병대장님이십니다. 지금 부대로 오고 계신답니다."

"뭐?"

"30분 뒤에 도착 예정이니 중대원들 좀 한데 모아 놓으라고 하셨습니다."

"미친."

화들짝 놀란 두 사람이 던지듯이 담배를 버리고 서둘러 중대장실로 향했다.

✳

천용득은 대한에게 말했던 대로 약 30분 뒤에 부대에 도착했다. 그리고 박희재와 짧게 인사를 한 후 곧장 병영식당으로 향했다.

식당에는 대한과 이영훈이 먼저 와 중대 병력을 통제하고 있었는데 천용득을 보자마자 경례를 올렸고 천용득이 경례를 받아 주며 악수를 청했다.

"반갑다."

"1중대장!"

"소위 김대한!"

악수를 마친 천용득은 식당으로 들어가며 대한에게 물었다.

"이번에 김 소위가 사실상 일을 다 했다면서?"

"아닙니다. 1중대장과 같이 한 일입니다."

"1중대장이랑 대대장님은 자네가 찾았다고 하던데 그럼 두 사람이 나한테 거짓말을 한 건가?"

"아, 아닙니다!"

"장난이야. 자네 같은 소위가 우리 헌병에 왔어야 하는 건데 참 아쉬워. 나중에 병과 바꿀 생각 없나? 내가 힘 좀 써 줄 수 있는데."

진심이었다.

그런 말을 들었는데 어찌 대한이 탐나지 않을 수가 있을까?

또 병과를 바꾼 사례가 없는 것도 아니었다.

능력만 있다면 전투병과에서 상대적으로 TO가 부족한 비전투병과로의 이동은 종종 있는 일.

다시 말해 대한이 지금 긍정적으로 대답한다면 정말 헌병 장교로 복무할 수 있을 터.

하지만 별로 가고 싶지 않았다.

'공병 생활만 몇 년인데, 생판 모르는 헌병에 갈 이유가 없지.'

그렇게 되면 저번 생과 같이 고생할 것이 뻔했고 편하게 군 생활을 하고 싶은 대한은 천용득의 말을 조심스럽게 거절했다.

"감사한 말씀이지만, 저는 공병에 매력을 느끼고 있습니다."

"그래? 거참 아쉽네."

천용득의 말에 이영훈이 휘둥그레 커진 눈으로 너 미쳤냐며 입을 벙긋거렸다. 그도 그럴 게 전투병과보다는 비전투병과가 훨씬 더 편하니 대한에게 그런 말을 하는 것.

하지만 대한은 웃음으로 그 반응을 넘겼고 이어서 미리 세팅해 둔 테이블로 천용득을 안내했다.

천용득이 모여 있는 1중대원들을 쭉 둘러보며 말했다.

"준비 깔끔하게 잘해 놨네. 바로 시작해도 되겠어. 아, 중대장. 혹시 징계 서류 가지고 왔나?"

"예, 여기 있습니다."

"오케이. 두 사람은 애들 적는 거 감독 좀 해 주게."

"예, 알겠습니다."

대한과 이영훈이 감독을 위해 자리를 잡자 천용득이 입을 열었다.

"자, 주목."

"주목!"

"지금부터 곽주진 병장이 했던 부조리를 모조리 적어 주면 되는데, 곽 병장이 했던 행동이 부조리인지 모르겠다 하는 것까지 그냥 싹 다 적으면 된다. 판단은 내가 알아서 할 거니까. 작성 시간은 30분. 그 안에 다 못 적을 것 같은 인원은 작성하던 종이에 내용이 더 있다고 적어 두기만 해라. 자, 그럼 시작."

천용득의 엄청난 카리스마에 중대원들은 서둘러 곽주진의 부조리들에 대해 적기 시작했다.

긴장감 속에 30분은 빠르게 흘러갔고 두 사람은 종이를 모두 걷어 천용득에게 전달해 주었다.

"고생했다. 돌아가서 일 봐라."

"예, 고생하셨습니다!"

천용득은 병력들이 빠져나간 식당에서 홀로 종이들을 빠르게 검토하기 시작했다. 그리고 얼마 뒤, 모든 내용을 확인한 천용득은 가방에 종이를 넣은 후 대대장실로 발걸음을 옮겼다.

※

오랜만에 만난 두 사람이 근황을 주고받으며 사담을 나누는 것도 잠시, 두 사람은 금세 본론을 시작했다.

박희재가 물었다.

"징계 사실 말고 더 나온 것 좀 있나?"

"예, 몇 가지 더 나왔습니다."

"그래?"

"처벌이 확실해 보이니까 이제라도 적어 낸 것 같습니다. 중대 간부들이 조사를 제대로 안 한 건 아닌 것 같으니 그 부분은 신경 쓰지 않으셔도 될 것 같습니다, 선배님."

"그렇겠지 뭐. 신고도 용기가 필요한 거니까. 근데 추가로 나온 건 뭐야?"

"휴가 갔을 때 성매매 업소 이용과 인터넷으로 토토 같은 불법도박들을 한 사실들이 추가로 나왔습니다."

"어마어마한 놈이었구만?"

"원래 죄는 작은 것이 먼저 드러나기 쉬운 것이니, 파고들다 보면 이런 경우가 태반입니다."

"용득아, 혹시 이 정도면 처분이 어떻게 되겠냐?"

"뭐, 선배님도 아시다시피 재판은 피하기 힘들 겁니다."

"그렇겠지? 차라리 잘됐어. 강등이래 봤자 타 부대 전출 말고 더 있어? 그렇다고 영창을 가는 것도 아니고. 그래서 얼마나 나올 것 같아?"

"솔직히 이 중에 하나만 있어도 징역은 충분히 살 수 있습니다. 근데 이 친구는 이것 말고도 많으니까…… 혹시 강하게 처벌하길 원하십니까?"

"형량은 높을수록 좋지. 어차피 그 녀석 아버지가 건설사 대표라 몇 개월 사는 걸론 반성도 안 할 거야. 그럴 거면 차라리 빵에 오래 넣어 두는 게 낫다고 본다, 난."

천용득이 고개를 끄덕이더니 잠시 고민을 하고는 박희재에게 말했다.

"그럼 최소 3년은 나올 것 같습니다."

"괜찮네. 그 정도면 피해자들이 만족하려나?"

"그건 피해자들마다 생각이 다 다르지 않겠습니까? 그래도 피해자들 생각해서라도 제가 최선을 다해 강하게 처벌할 테니 걱정하지 마십쇼."

"그래, 고맙다. 내가 이 일 마무리되면 술 한잔 살게."

"하하, 제가 원래 하던 일인데 뭘 그러십니까. 정 고마우시면 김대한 소위를 저 주시는 게 어떠시겠습니까?"

"크큭, 탐나더냐?"

"누구라도 탐내지 않겠습니까. 듣기로는 이제 들어온 지 두 달도 안 됐다고 들었는데 그 정도면 특급 중에 특급 아니겠습니까?"

"그렇지, 걔는 특급이지. 안 그래도 요즘 걔 군 생활 보는 맛으로 살고 있다."

"부럽습니다. 아주."

두 사람은 대한의 이야기로 웃음을 터뜨렸고 이윽고 시간을 확인한 천용득이 자리에서 일어나며 말했다.

"일단 저희도 오후 일정이 있어서 이만 자리에서 일어나겠습니다. 병력 인계 후 상황 진행되는 대로 또 따로 연락드리겠습니다."

"그래, 고생해라."

"예, 건강 챙기시고 먼저 들어가 보겠습니다."

주차장에는 헌병수사관이 차량에 시동을 건 채 천용득을 기다리고 있었고 그 옆에 대한과 이영훈이 차 문을 열어 둔 채 천용득을 기다리고 있었다.

"일 보고 있지, 뭐 하러 나와 있어."

"인사드리려고 나와 있었습니다."

"하하, 급해서 바로 가 봐야 하니까 자네들도 들어가 봐. 곽주진 병장은?"

"예, 차에 미리 탑승시켜 놨습니다."

천용득이 차 안에 곽주진을 확인하고는 조수석에 앉자 대한이 조심스럽게 문을 닫아 주었다.

"고생 많았다, 들어가라. 출발하지, 수사관."

"고생하셨습니다. 충성!"

그대로 차가 주차장을 빠져나갔고 대한과 이영훈은 차가 사라질 때까지 경례를 내리지 않았다.

곽주진이 떠난 뒤, 바로 오후 업무가 시작되었다.

징계 건과는 별개로 일과는 일과였으니까.

하나 부대 정비 주었기에 급히 처리해야 될 것이 없었고 큰일을 치르고 난 뒤라 이영훈과 박태록, 그리고 대한까지 세 사람은 중대장실에서 차 한 잔씩을 나누었다.

"그래도 참 다행입니다. 일이 이렇게 마무리되어서."

"저도 대대장님이 이렇게 커버해 주실 줄은 꿈에도 몰랐습니다."

가슴을 쓸어내리는 두 사람.

이미 각오하고 진행한 일이었지만 그래도 박희재 덕에 남은 군 생활에 영향이 가지 않아 얼마나 다행인지 모른다.

그 말에 대한이 고개를 숙였다.

"죄송합니다. 제 욕심 때문에 일이 이렇게 돼서."

"아냐, 아냐. 사실 너라도 대쪽 같이 일을 진행해서 망정이었지, 아니었음 나도 보급관님도 눈치 엄청 봤을 거다."

"맞습니다, 소대장님. 저도 사람인지라 사실 두렵지 않았다고 하면 거짓말이겠죠."

솔직한 심정을 토로하는 두 사람.

두 사람의 말마따나 별로 미안한 건 없었다.

그냥 입 발린 소리일 뿐.

그래도 앞으로 지속해야 될 사회생활이었으니 입 발린 말이라도 처세를 하는 게 맞았다.

그때 이영훈이 은근한 목소리로 물었다.

"그나저나…… 이젠 뭐 없지?"

"뭘 말씀이십니까?"

"너 들어오고 나서부턴 죄 큰일뿐이라 내가 가슴이 벌렁벌렁해서 그래. 또 처리해야 될 거 있음 한꺼번에 말해 줘라, 안 그럼 나 제명에 못 살 것 같다."

"하하, 없습니다. 그리고 있더라도 다음부턴 미리미리 말씀드리겠습니다."

"그래."

그때였다.

똑똑!

"어, 들어와."

"충성! 병장 전우찬 외 2명, 중대장실에 용무가 있어 왔습니다.”

“오, 그래. 너희 왔구나. 음료수 뭐 마실래?”

“아무거나 상관없습니다!”

호출한 전우찬과 황재우, 그리고 연성목이 왔다.

이영훈이 냉장고에서 음료수를 꺼내 주며 물었다.

“그나저나 뭐…… 셋 다 좀 괜찮냐?”

큰일을 겪은 세 사람이었다.

그 말에 전우찬이 얼른 대답했다.

“전 괜찮습니다. 어차피 저한테 한 짓들은 끽해야 하극상인
데 전 충분히 만족합니다.”

이영훈이 고개를 끄덕이자 이번에는 연성목이 말했다.

“저도 괜찮습니다. 사실 전 운이 좋아 이번에 피해자로 있었
던 거지 저도 따지고 보면 곽주진 병장과 다를 바 없습니다. 직
접적으로 폭언이나 위해를 가한 적은 없지만 그래도 말리지 못
하고 곽주진 병장 옆에서 동조했으니 할 말이 없습니다.”

놀랍게도 연성목은 자신의 피해만을 호소하지 않았다.

그도 그럴 게 거드는 시누이가 더 밉다고 연성목도 꽤 오랫
동안 곽주진의 오른팔로서 부조리에 가담한 것이나 마찬가지
였으니까.

대한이 물었다.

“그래서, 넌 사과는 했고?”

“예, 아까 따로 사과를 하긴 했지만 전역 전까지…… 아니 전

역한 이후에도 평생 미안한 마음을 갖고 살 생각입니다."

"재우야, 정말이야?"

"예, 연성목 일병에게는 사과를 받았습니다. 그리고 연성목 일병도 잘못이 있긴 하지만 이 모든 건 곽주진 병장이 분위기를 그렇게 만들었기 때문이라고 생각해서 그렇게 많이 화가 나진 않습니다."

"그렇구나…… 그럼 주진이 건에 대해선? 대대장님한테 귀띔 받았는데 최소 3년은 살다 나올 거라고 하시더라. 그래도 참 미안하다, 억지로라도 사과는 하게 했어야 했는데."

그 말에 황재우는 잠시 머뭇거리더니 이내 두 눈이 벌게졌다.

"아닙니다. 그런 형식적인 사과보다는 이렇게 곽주진을 두 번 다시 안 볼 수 있게 된 것과 제대로 된 처벌을 받게 된 것만으로도 저는 정말 만족합니다. 그리고 특히 소대장님께 정말 감사드립니다. 소대장님이 아니었음 전 진짜……."

목소리가 먹먹해진 황재우가 끝내 말을 잇지 못한다.

그 반응에, 이영훈과 박태록이 특히나 더 미안한 표정들을 지었다.

"미안하다, 재우야. 네 아픔을 알아주지 못해서."

"나도 미안하구나, 재우야. 내가 더 신경 썼어야 했는데."

"아닙니다. 괜찮습니다."

황재우는 박태록이 준 휴지로 눈물과 콧물을 훔친 뒤 방긋 웃어 보였다.

그 모습을 본 대한은 그제야 마음속에 품고 있던 아주 오래된 응어리 하나가 녹는 듯했다.

'다행이다. 정말 다행이야.'

정말 다행이었다.

이번 일을 진행하면서 혹여나 이영훈이나 박태록, 박희재가 나쁜 마음을 먹게 되면 어쩌나 참 많은 걱정을 했었다.

하지만 과거와는 달리 다들 좋은 방향으로 함께 동참해 주었고 덕분에 대한은 아주 오래된 응어리 하나를 녹여 없앨 수 있었다.

훈훈해진 분위기에, 박태록이 기세를 이어 물었다.

"그나저나 짐은 다 옮겼냐, 재우야?"

"예, 다 옮겼습니다."

"그래, 재훈이한테 인수인계 잘 받고 힘내서 건강하게 군 생활 잘해 봐."

"예, 보급관님!"

"소대장님? 그럼 이제 소대원으로서는 이번이 마지막 자리일 텐데 뭐 할 말 있으십니까?"

그 말에 대한이 씩 웃으며 말했다.

"재우야, 신병 들어오면 1분대부터 꽉 채워 줘야 해?"

"얼레? 그걸 소대장인 네가 왜 정해?"

"중대장님, 이제 1분대에 성목이뿐입니다."

"성목이랑 둘이 잘해 보면 되지. 그치 성목아?"

"예, 그렇습니다."

"그래? 그럼 성목아, 그런 의미에서 이제 네가 분대장이다?"

그 말에 연성목이 황당한 표정을 지어 보였다.

"제가 말입니까?"

"그래, 인마. 주진이도 육교 가고 재우도 본부 소대로 왔는데 그럼 네가 분대장 해야지."

"아…… 그렇긴 한데 저 아직 일병입니다."

연성목이 자꾸만 되묻는 것에는 이유가 있었다.

분대장이 되면 일이 많아져 귀찮아지는 걸 떠나서 보통 일병이 분대장을 하는 경우는 잘 없었기 때문.

하지만 후방 부대의 특성상 병력이 적기도 했고 이번 일처럼 특수한 경우엔 어쩔 수 없이 일병이 분대장을 다는 경우도 있었다.

이영훈이 피식 웃으며 말했다.

"일병이 어때서? 너 일말이잖아. 그렇다고 다른 분대 선임을 끌어올 수도 없는 노릇이고. 그리고 일만 잘하면 됐지 그런 게 뭐가 중요해? 분대장 하면 휴가도 많이 받고 오히려 좋을 걸?"

휴가 중에는 분대장 위로 휴가라고 해서 분대장 직책을 수행하는 한 달 마다 하루짜리 위로 휴가를 주었다.

이는 말차라는 마지막 휴가에 큰 보탬이 되는 휴가였으며, 지금 연성목이 분대장이 되면 거의 열흘 이상의 위로 휴가를 받을 수 있게 되는 셈.

그 말에 연성목이 머릿속으로 계산기를 굴리더니 이내 곧 활기차게 대답했다.

"예! 맞습니다!"

"그럴 줄 알았다. 넌 분대장이 될 재목이었어."

"열심히 하겠습니다!"

그렇게 연성목은 분대원이 1명뿐인 분대의 분대장이 되었다.

✳

그날 저녁.

대대 인사과에서 근무하는 고종민 중위는 퇴근 시간이 한참 지나고 나서야 겨우 퇴근할 수 있었다.

이유는 때 아닌 징계 서류 처리 때문이었는데 인사과장이 된 지 이제 겨우 한 달 차라 서류 작업이 익숙지가 않은 탓이었다.

'하, 그냥 좋게 좋게 좀 끝내지. 무슨 재판까지 가게 만들어서……'

물론 사정을 다 알고 있기에 직접적으로 면박을 주거나 그러진 못 했다. 어쨌든 인사과장인 자기가 해야 될 일이었으니까.

그러나 동원 훈련이라는 제일 큰 행사가 끝나자마자 쏟아지는 서류 업무를, 고종민으로선 별로 반갑지 않을 수밖에.

그래서일까?

고종민은 알게 모르게 대한에게 앙금이 좀 생긴 상태였다.

듣자 하니 이 모든 서류 작업의 시작이 신입 소위 대한으로부터 발생했다는 걸 알게 되었기 때문이다.

'됐고, 얼른 한잔하고 빨리 자야지.'

고종민의 유일한 취미.

혼자 숙소에서 음악 틀어 놓고 위스키 마시기.

특히 오늘처럼 고된 날은 절대로 빼먹지 않고 술을 마셨는데 고종민은 폭음하는 스타일이라기보단 위스키 특유의 맛을 천천히 음미하는 스타일이라 숙소에 제법 다양하게 위스키들을 숨겨 놓았다.

그렇게 종종걸음을 하며 숙소 근처까지 왔을 때였다. 고종민은 놀랍게도 숙소 입구에 서 있는 대한을 볼 수 있었다.

'호랑이도 제 말 하면 온다더니…… 하필 여기서 딱 마주치네.'

고종민은 대한을 보자마자 기분이 팍 안 좋아졌다.

그래서 알은체도 않고 자신의 방으로 들어가려던 찰나, 아니나 다를까 대한이 먼저 말을 걸어왔다.

"선배님?"

하.

말 안 걸었음 했는데 기어이 매를 버는구나.

고종민이 미간을 찌푸리며 짜증스러운 투로 대답했다.

"왜?"

그 물음에 대한이 가지고 온 종이 가방을 내밀며 말했다.

"좀 이르지만 생일 축하드립니다."

"……뭐?"

말 그대로였다.

대한은 자신의 생일을 축하해 주었고 고종민이 그런 대한을 신기하다는 듯 바라보자 대한이 얼른 뒷말을 덧붙였다.

"내일 생일 아니십니까?"

"그건 맞는데…… 내일 내 생일인 건 어떻게 알았나?"

"저번에 대대 간부들 생일 정보 취합해 보다가 알게 됐습니다."

"생일 정보를? 그런 걸 왜 취합해 봐?"

"제가 주변 사람들 생일을 꼭 챙기는 스타일이라 취합해 보았습니다. 그래서 원래는 내일 드리려고 했는데 오늘 업무가 너무 많아 보이셔서 그냥 하루 일찍 드리려고 이렇게 찾아오게 되었습니다. 혹시 기분 나쁘셨다면 죄송합니다."

"아냐…… 기분 나쁜 건 아닌데……."

대한은 일부러 꾸밈없이 솔직하게 말했다.

눈에 뻔히 보이는 아부보다는 차라리 이런 게 더 진솔해 보일 테니까.

고종민이 어설프게 종이 가방을 들어 보이자 대한이 말했다.

"저번에 얼핏 듣기로 술 좋아하신다고 하셔서 저번에 외출 나간 김에 집에 있는 술 중에 하나를 선물로 준비해 봤습니다."

"술?"

그 말에 얼른 종이 가방을 열어 내용물을 확인하자 고종민의 눈이 휘둥그레 커졌다. 대한이 준비해 온 선물은 다름 아닌 조니워커 블루라벨이었기 때문이다.

진심으로 당황한 고종민이 술을 다시 종이 가방에 넣으며 대한에게 내밀었다.

"야, 돼, 됐어. 이게 얼마짜린 줄 알고 이런 걸 선물로 막 줘?"

"집에 이런 선물 들어온 게 많아서 그중에 한 병을 가지고 와 봤습니다. 그리고 저희 가족 모두 술을 좋아하지 않아서 마실 사람이 없습니다. 그러니 부담 없이 받으셨으면 좋겠습니다."

"이런 게 많다고?"

"예, 그렇습니다."

"허……."

거짓말 같아 보이진 않았다.

아무리 직장 상사에게 잘 보이고 싶다고 해서 이런 비싼 걸 선물로 턱턱 줄 순 없었으니까.

그래서일까?

고종민은 갑자기 대한에게서 귀티가 느껴지는 듯했다.

'얘, 집 잘 사나 보네…….'

덕분에 부담이 덜했다.

못 사는 애가 이런 걸 줬으면 부담이 됐을 텐데 말하는 걸 보니 그렇지가 않은 것 같아서. 그리고 무엇보다도 블루라벨은 술 좋아하는 고종민이 좀처럼 거절하기 힘든 것.

　고종민은 몇 초간의 고민 끝에 그냥 이 상황을 받아들이기로 했고 동시에 대한이 몹시 예뻐 보이기 시작했다.

　앙금도 당연히 눈 녹듯 전부 사라졌다.

　"그…… 혹시 한잔할래?"

　"아닙니다. 전 술 안 좋아합니다. 그리고 선배님은 술을 음미하며 드시는 걸 좋아하신다고 들었습니다. 그런데 제가 끼어 있으면 술을 음미할 여유가 있으시겠습니까? 게다가 오늘 하루 무척 고되셨을 텐데 직장 사람이랑 술 마시는 것보단 혼자 즐기시는 편이 더 좋으실 것 같습니다."

　그 말에 고종민이 진심으로 감동한 표정으로 말했다.

　"넌 진짜…… 왜 전부 다 널 예뻐하는지 알겠다. 무튼, 고맙다야. 이건 진짜 아무한테도 안 주고 나 혼자서만 마실게."

　"예, 저도 선배님한테 이런 술 있는 거 비밀로 하겠습니다."

　"새끼, 센스는……."

　두 사람은 동시에 웃음을 터뜨렸고 이로써 부대 내 대한의 아군이 1명 더 늘어나는 순간이었다.

✳

　다음 날, 금요일.

　대한이 부대에 온 이후, 처음으로 당직 근무를 서는 날이었다. 첫 당직이 다들 기피하는 금요일이긴 했지만 대한은 별로 신경 쓰지 않았다.

이제 주말마다 외출도 가능해진데다가 무엇보다도…….

'어차피 근무 때 푹 잘 텐데, 뭐.'

한두 번 서 본 당직이 아니었기에 능숙하게 안대와 귀마개까지 챙겨 왔다. 아무리 군 생활 2회차였지만 현실적으로 졸지 않는다는 건 불가능했으니까.

대한은 시계를 확인한 뒤 투입 시간보다 좀 더 일찍 지휘 통제실로 내려갔다.

첫 당직이라 일찍 간 것도 있었지만 오늘이 금요일이라 일부러 일찍 간 것도 있었다. 그래야 조금이라도 더 빨리 근무자들을 퇴근시켜 줄 수 있을 테니까.

이윽고 지휘 통제실의 문을 열고 들어가자 상황병 하나가 알은척을 해 왔다.

"엇, 충성! 오늘 근무십니까?"

"응, 근데 다른 간부님들은?"

"대대장님과 테니스 치러 가셨습니다."

"그래?"

어쩐지 사람이 없더라니.

그나저나 참 너무하네.

일부러 일찍 퇴근시켜 주려고 일찍 온 건데 당직 근무자가 오기도 전에 먼저 자리를 다 비워 버리다니.

근데 뭐 어쩔 수 있나.

그 사유가 대대장과의 테니스라는 걸 보면 안 봐도 뻔했다. 보나마나 박희재가 꼬셨겠지.

'복식 인원 맞추려고 다 데리고 갔나 보네.'

자리에 정작과장, 작전교육장교, 교육 훈련 지원관, 이렇게 셋이 없는 걸 보니 아마 복식 경기를 위해 데려간 듯했다.

오히려 잘됐다.

사람이 없으면 더 편했으니까.

대한은 지휘 통제실 테이블 중앙에 가방을 내려놓고 짐 정리를 시작했다.

"네가 오늘 근무자야?"

"아닙니다. 지금 근무자 샤워하러 갔습니다. 곧 내려올 겁니다."

"인원 총기 현황 정리 아직 안 됐겠네?"

"아닙니다. 제가 지금 하고 있었습니다. 잠시만 기다려 주십쇼."

"그래? 빨라서 좋네. 고마워."

"아닙니다."

상황병이 인원 총기 현황을 주기 전까진 할 일이 없다. 그래서 옆에 있는 상황판을 보며 당직 근무표를 살폈다.

'바꿔야 하는 근무는 없겠지?'

당직 근무는 밤새 부대를 지켜야 했기에 다음 날에 반드시 근무 취침이 주어졌다.

그 때문에 연속으로 근무를 설 수가 없고 평일, 금요일, 주말로 나눠 순서대로 근무를 편성하는 부대의 특성상 연속으로 근무 편성이 될 수도 있었다.

이런 경우 인사과장이 임의로 바꾸는 경우도 있었지만, 형평성 논란이 일어날 수도 있었기에 개인이 일일이 바꾸어야만 했다. 그도 그럴 게 당직 근무에도 인기 있는 요일이란 게 있었으니까.

대표적으로 목요일 당직이 그랬다.

이른 바, '목당'이라 불리는 목요일 근무는 금요일에 퇴근해 근무 취침을 하고 주말까지 쭉 쉬는 꿀 당직이었기에 사실상 목요일 근무를 서면 휴가가 하루 더 생기는 셈.

'아직 짬찌라서 그런가, 난 다음 달에도 목요일 당직이 없네.'

어쩔 수 있나.

군대에서 편해지려면 그만큼 군대에서 많은 시간을 보내는 수밖에.

이윽고 정리를 마친 상황병이 말했다.

"인원 총기 현황 여기 있습니다."

"어, 고마워. 다음 근무자 올 때까지 기다리지 말고 먼저 퇴근해."

"예? 아…… 예! 감사합니다!"

대한은 병사들이 무엇을 좋아하는지 잘 안다.

그래서 일찍 퇴근시켜 주었고 상황병은 싱글벙글 웃으며 우렁차게 경례를 올린 뒤 잽싸게 퇴근했다.

대한은 인원 총기 현황을 빠르게 확인한 뒤 휴대폰을 열어 이영훈에게 전화를 걸었다.

"충성! 중대장님 근무 투입하셨습니까?"

그 말에 금방 앓는 소리가 돌아왔다.

―하…… 내가 왜 너 첫 당직 때 같이 근무 선다고 했을까. 방금 투입 완료했는데 존나게 후회가 밀려온다, 대한아.

"전 분명히 괜찮다고 말씀드렸습니다. 그러니까 제 탓 하시면 안 됩니다, 중대장님."

―농담이야, 인마.

대한이 근무 중인 부대는 대대와 단이 같은 주둔지에 있었기에 당직 근무자들의 근무지가 조금씩 달랐다.

예컨대 주둔지의 대위들은 단, 대대 상관없이 단의 당직사령으로 통합해서 근무했고. 중, 소위들은 단 당직사관과 대대 당직사령을 함께 도맡아서 했다.

그런 의미에서 같은 중대의 간부가 함께 근무 서는 것 자체가 근무자가 속한 중대의 입장에선 꽤나 부담스러운 일일 수도 있으나.

'내일이 주말이라 별로 상관이 없지.'

그 덕분에 이영훈과 대한이 같은 당직 계통으로 만날 수 있었던 것. 물론 이영훈이 대한의 첫 근무를 걱정해서 바꾼 것이었지만 말이다.

이영훈의 농담에 대한이 웃으며 말했다.

"배려해 주셔서 감사합니다. 그럼 인원 총기 현황 바로 보고 드리면 되겠습니까?"

−벌써 확인했나?

"예, 오자마자 확인했습니다."

−크, 불꽃 소위네. 아무튼 알겠다.

"……확인 안 하십니까?"

−목소리에 자신감 넘치는 걸 보니 들을 필요도 없겠구만, 뭘. 해 줘?

"……아닙니다. 그럼 혹시 중점 사항 있으십니까?"

−당연히 있지. 중점 사항은 단 당직사령 괴롭히지 않기다. 이상.

"주, 중대장님?"

그러나 이영훈은 이미 전화를 끊어 버린 뒤였다.

나참, 재밌는 양반일세.

원래 이런 양반이었나?

전생이었다면 감히 상상조차 할 수 없는 모습에 대한은 새어 나오는 웃음을 감출 수가 없었다. 원래라면 FM 그 자체였어야 할 양반이 이제는 가라의 대명사가 된 것 같았으니까.

대한이 당직 근무 현황판 앞으로 가며 작게 중얼거렸다.

"아이고 우리 중대장님아, 1중대 쏘가리는 아무것도 모르는데 그렇게 전화 끊으면 어쩌십니까아.”

물론 대한은 쏘가리지만 쏘가리가 아니었기에 알아서 당직 근무 중점 사항을 채워 나가기 시작했다.

잠시 후, 빈칸이 가득 채워졌고.

중점 사항 맨 위에는 이렇게 적혀 있었다.

　[당직 근무자 근무 군기 확립]

대한이 손수 작성한 중점 사항들을 보며 만족스러움에 고개를 끄덕인다.

✳

대한은 4줄짜리 당직사령 완장을 차고 급양 감독을 위해 병영식당으로 이동했다.

급양 감독이래 봤자 별건 없었다.

병사들이 결식하지는 않는지, 식당에 당장 조치해야 될 문제가 있는지 등을 확인하면 끝. 물론 병사들의 결식이나 손 씻기 같은 것에는 별로 관심이 없었기에 입구를 가볍게 지나쳤고 곧장 조리병 실세인 전찬영을 찾아갔다.

“찬영아.”

“어? 소대장님, 충성! 근무십니까?”

"응, 첫 근무야."

"앗, 천천히 오시지 그러셨습니까. 첫 근무시면 첫 근무 기념으로 특식을 준비해 드렸을 텐데 말입니다."

"됐어, 너 귀찮게 뭐 하러 그래."

"에이 소대장님한테는 그 정도는 해 드릴 수 있습니다. 저희는 전우 아닙니까."

"그럼 나중에 한번 부탁해 보지. 그나저나 식당에 조치해야 될 거 있어?"

"늘 그렇지만 없습니다."

"냉장고 온도도 다 괜찮지?"

"예, 음식 꺼내기 전에 다 확인했습니다."

"퇴근할 때도 한 번만 더 확인하고 보고해 줘."

"예, 알겠습니다."

굳이 확인하지 않아도 멀쩡하게 잘 돌아가는 곳 중에 하나가 바로 식당이라 당직 근무라고 해서 특별히 무언갈 더 확인하거나 조치해야 될 건 사실상 없었다.

그래도 꼭 확인해야 하는 것이 있다면 그것은 바로 냉장고.

'간혹 냉장고가 꺼지는 경우가 있으니까.'

원인은 모른다.

군대 냉장고라는 게 원래 그런 건지 이따금씩 냉장고가 꺼져 식재료가 상하는 경우가 있었기에 냉장고만큼은 잘 확인해야 했다.

만약 냉장고 관리 소홀로 식재료가 상해 식중독이라도 일어나면 징계를 피할 수 없었으니까.

대한은 냉장고 쪽을 한번 훑어본 후 전찬영에게 물었다.

"그나저나 대회는 잘 준비하고 있냐?"

"취사병 전부 대회 준비 때문에 퇴근도 늦게 하고 있습니다."

"넌?"

"저도 사회에서 나갔던 요리 대회보다 더 열심히 준비하고 있습니다."

대한의 제안으로 시작된 요리 대회는 이영훈의 보고와 박희재의 손을 거쳐 무려 3일의 휴가가 걸린 큰 대회로 성장할 수 있었다.

주제도 정해졌다.

주제는 소수를 위한 미식 요리가 아닌 전 장병들이 맛있게 먹을 수 있는 대량 조리.

이건 박희재의 아이디어였다.

덕분에 취사병들의 부담도 덜어졌다.

소수를 위한 미식 요리였다면 상대적으로 요리 경력이 부진한 취사병들에게 불리한 게임이 되었을 테지만 전 장병들이 좋아하는 대량 조리가 테마가 되다 보니 기존의 식단을 개량하는 방향으로 고민하면 되었기 때문이다.

"대량 조리가 테마인데, 넌 뭘로 준비할 거냐?"

"후후, 비밀입니다. 대회 당일에 알려 드리겠습니다."

"그래, 스포하면 재미없지. 잘 준비해 봐라, 기대할게."

"예, 소대장님. 식사 맛있게 하십쇼!"

대한은 전찬영에게 손을 흔들어 주고는 이영훈에게 전화를 걸었다.

"충성. 언제 오십니까, 중대장님?"

—어, 지금 간다.

"식사 미리 받아 놓겠습니다."

—이거 자꾸 해 주면 부조리 같아 보이잖아, 내가 받아 달라고 한 거 아니다?

"전우조이지 않습니까, 고기 많이 받아 놓겠습니다."

전화를 끊은 대한은 식판에 음식을 담기 시작했고 이영훈의 식사까지 준비를 마치자 얼마 뒤 이영훈이 식당으로 들어왔다.

이영훈이 모자를 벗으며 툴툴거리는 목소리로 말했다.

"야, 단장님이 너 근무 잘 서는지 잘 지켜보라고 하시더라."

"그렇습니까?"

"응, 그래서 좀 이따 불시 순찰 돌려고."

"예, 알겠습니다."

"기대해라, 완전 FM으로 갈 거니까."

"예, 알겠습니다."

"긴장 안 되냐?"

"긴장하고 있습니다."

"씁, 전혀 아닌 것 같은데……."

"아닙니다. 저도 완전 FM으로 준비하고 있겠습니다."

대한의 웃음에 이영훈이 도리어 불안한 표정을 지어 보였다.

⁂

식사를 마친 대한은 바로 막사로 복귀했다.

지휘 통제실에는 대대 당직사관인 탄약관, 배홍수 중사가 대한을 기다리고 있었다.

"식사 맛있게 하셨습니까?"

"예, 탄약관님도 식사하고 오십쇼."

"키, 여기 있습니다."

배홍수는 대한에게 탄약고 키를 건네고는 턱으로 대한의 자리를 가리켰다.

"저거, 애들이 사다 놨습니다."

"예?"

배홍수가 가리킨 자리.

그곳에는 각종 음료와 과자, 라면 등이 산처럼 쌓여 있었다.

배홍수가 씩 웃으며 말했다.

"소대장님 인기 정말 많으신 것 같습니다."

"하하, 감사합니다. 좀 이따 같이 드시죠."

"알겠습니다. 그럼 식사 다녀오겠습니다."

배홍수가 떠난 뒤, 대한이 산처럼 쌓인 먹거리들을 살펴며 자기도 모르게 피식 웃었다.

'옛날 생각나네.'

첫 당직 근무 때만큼 소대원들의 인정을 확인할 수 있는 시간도 없다. 어디서부터 시작된 관례인지는 모르겠지만, 대한이 아는 부대들은 다 있는 전통인 듯했고.

그 옛날, 소위 1회차 때도 이렇게 소대원들이 피엑스를 털어 왔던 기억이 새록새록 떠올랐다.

하지만 그때와는 달리 지금이 훨씬 더 음식들이 많았다.

아마 옛날보다 지금이 더 소대원들의 인정을 받고 있다는 뜻일 테지.

대한은 뒤에서 TV를 보고 있던 상황병을 불렀다.

"혼자 먹긴 좀 많네. 너도 먹을래?"

"앗, 감사합니다. 감사히 잘 먹겠습니다."

"오늘 피엑스 갈 거야? 카드 줄까?"

"안 가도 되지 않겠습니까? 이것들만 해도 악기바리 수준인 것 같습니다."

"그렇지? 후, 그럼 열심히 한번 먹어 보자."

"예! 최선을 다하겠습니다!"

기껏 생각해서 사다 줬는데 남기는 것도 실례.

대한은 상황병과 함께 감자칩 하나를 뜯어 TV를 보며 시간을 죽였다.

그로부터 한참 뒤, 상황병이 시간을 확인하고는 대한에게 말했다.

"당직사령님, 슬슬 근무자 교육 시간입니다."

"벌써? 알겠어. 갔다 올게."

대한이 복도로 나가자 중앙 복도에 금일 근무자들이 오와 열을 맞추어 서 있었다.

각 중대 당직 부사관들도 대한을 보자마자 전 병력들에게 대한의 등장을 알렸고 모두들 그 어느 때보다도 군기가 바짝 든 모습으로 대한을 맞이했다.

그 일사불란하고 군기 바짝 든 모습들이 대한은 묘하게 우습게 느껴졌다.

'이것들이 내가 무슨 수양대군인 줄 아나, 날 뭘로 보고······.'

이해는 됐다.

대부분의 초급간부들은 완장을 차자마자 어깨가 잔뜩 높아져서 자기도 모르는 똘끼를 분출하게 되는데 그 대표적인 시간이 바로 근무자 교육 시간이기 때문.

예컨대, 흰 장갑을 꺼내서 말도 안 되는 곳의 먼지를 닦아 보는 그런 짓거리를 하기 때문이다. 물론 흰 장갑의 대부분은 점호 시간 때 나오지만······.

하지만 대한은 전혀 그런 사람이 아니었고 느긋하게 근무자들에게로 향했다.

대한은 복도에 도착해서 근무자들 앞에 서자마자 입을 열었

로또부터
장군까지

다.

"오늘 암구호 모르는 사람, 거수."

일동 침묵.

그래.

당연히 들 리가 없겠지.

물론 대한도 누군가 손들기를 바란 건 아니었다.

하지만 암구호만큼은 확실하게 확인해야 하는 법.

대한은 천천히 근무자들의 시선을 맞추던 끝에…….

"어, 너. 방금 눈 돌렸지?"

"이, 일병 서일훈!"

"문어 뭐야."

"저…… 그, 그게…….'"

서일훈 일병.

2중대 병사 중 하나였고 대답을 못 함과 동시에 2중대 당직
부사관을 쳐다봤다. 그러자 2중대 당직 부사관이 고개를 잠깐
숙이더니 이내 곧 다시 고개를 들고 대한에게 대답했다.

"죄송합니다. 숙지시켜서 다시 오겠습니다."

"됐어, 그냥 끝나고 바로 숙지시켜."

"……잘못 들었슴다?"

근무자 교육에 특별히 준비해 와야 될 건 없다.

하지만 단 하나, 암구호 숙지만큼은 반드시 해야만 했다.

경계에서 암구호만큼 중요한 건 없었고 나머지는 당직사령

의 중점 사항을 듣고 움직이면 됐으니까. 그런데 암구호를 모르면 대부분의 당직사령들은 잔소리를 늘어놓으며 근무자 교육 시간을 늘렸다.

일종의 벌이었다.

암구호를 모르는 대가로 근무자들의 개인 정비 시간을 뺏기 위한.

하지만 대한은 별로 그러고 싶지 않았다.

근무자들의 개인 정비 시간을 뺏기 싫어서가 아니었다.

'암구호 때문에 10분 뒤에 또 나오라고? 그런 귀찮은 일은 못하지.'

그깟 암구호 정도는 다시 외우면 그만이라고 생각했기에 대한은 가볍게 주의만 주고 끝냈다.

대신 다른 사항을 당부했다.

"오늘 1중대장님이 단 당직사령이시라서 불시 순찰 오실 거야. 그러니까 야간에 문 통제 잘하고 암구호 숙지 못하고 계시면 무조건 제압해 버려. 알겠어?"

그 말에 근무자들은 당황했다.

융통성 있는 줄 알았더니 이상한 방향에서 똘끼를 분출한다고 생각했기 때문이다. 하지만 식사 때 이미 이영훈에게 선전포고를 받은 이상 절대로 뚫려선 안 됐다.

다들 대답을 망설이자 대한이 쐐기를 박았다.

"이 자식들 봐라? 암구호 못 대셨는데 그냥 통과시키면 근무

태만으로 죄다 진술서 쓰게 할 거니까 각오들 해라."

대한의 반 협박에 근무자들이 그제야 목청껏 대답했고 대한
이 고개를 끄덕인 후 지휘 통제실로 이동하려던 때였다.

"저, 당직사령님?"

당직 부사관을 맡은 분대장 중 하나가 어색하게 웃으며 대
한을 불러 세웠다.

그 말에 대한이 모른 척 물었다.

"어, 왜?"

"혹시 오늘 TV연등 몇 시까지 해도 되겠습니까?"

부대마다 다르긴 하나 대한의 부대에선 금요일마다 TV연등
을 해 주었는데 그 시간을 당직사령이 정해 주어야만 했다.

보통은 24시까지 보게 했지만, 대한은 좀 달랐다.

"몇 시까지 보고 싶은데?"

대한의 물음에 당직 부사관이 눈치껏 눈알을 굴리며 대답했
다.

"24시……까지 보겠습니다."

"충분해?"

"예? 아니, 잘못 들었슴다?"

"네가 들은 게 맞아. 근데 나 첫 당직인데 크게 한번 질러 보
지 그랬냐?"

"아……."

그제야 아차 싶은 표정을 짓는다.

그 모습이 퍽 귀여워 대한이 팔뚝 한 대를 툭 쳐 주며 말했다.

"장난이야, 인마. 졸릴 때까지 마음껏 보되 취침하는 인원들 방해 안 되게 알아서 잘해."

그 말에 근무자들은 대답 대신 환호성을 내질렀고 대한은 영웅처럼 손을 흔들어 주며 지휘 통제실로 복귀했다.

근무자들의 환호를 들은 상황병이 대한에게 물었다.

"사령님, 갑자기 왜 저러는지 아십니까?"

"연등 통제 없애 줬거든."

"와…… 진짜 최고십니다, 사령님."

엄지를 들어 보이는 상황병.

대한이 웃으며 말했다.

"이 정도는 기본이지. 그보다 슬슬 휴가자들 교육 준비나 하자."

"예, 명단은 자리에 올려놨습니다."

"빠르네, 고맙다."

자리에 앉아 휴가자 명단을 확인한 대한은 휴가자들이 모이기 전까지 지휘 통제실에 있는 TV를 보며 기다렸다.

잠시 후, 휴가자 교육 10분 전을 알리는 방송이 대대에 울려 퍼졌고 얼마 뒤, 복도에서부터 휴가자들이 시끄럽게 떠들며 내려오기 시작했다.

"야, 오늘 당직사령 개꿀이다. 두발 검사 안 하겠지?"

"쏘가리가 뭘 알겠어? 지적하면 내가 알아서 할게."

"뭐가 됐든 교육이나 빨리 끝났으면 좋겠다."

이것들 봐라?

들으려고 들은 건 아니지만 어쨌든 똑똑히 들었다.

대한은 나가서 좀 전에 대화한 놈들을 잡을까 싶다가 이내 관두었다. 굳이 지금 나가서 얼굴 확인을 안 해도 충분히 잡을 자신이 있었으니까.

'미친놈들, 개꿀이면 개꿀이지 그걸 왜 들리게 이야기해? 너흰 죽었다.'

이윽고 내일 휴가 출발하는 인원들이 모두 모였고 대한은 휴가자 명단에 적인 숫자와 모인 이들의 수가 맞아떨어지자 이름 부르는 것을 생략했다.

"개념 있으면 알아서들 잘 왔겠지, 안 그러냐?"

"예, 그렇습니다!"

휴가자들의 대답에 상황병이 휴가자 교육 영상을 틀려던 찰나였다.

"잠시 대기. 여기서 휴가 처음 나가 보는 사람 거수."

대한의 말에 휴가자들이 서로의 얼굴을 본다.

아무도 없었다.

그때, 여태껏 보급관에게 어떻게 안 걸린 건지 용할 정도로 두발 상태가 불량한 병장, '박승철'이 입을 열었다.

"여기엔 휴가 안 나가 본 짬찌가 없는 것 같습니다."

그 말에 대한은 물론 병사들 모두가 웃었고 대한 역시 웃음을 유지하며 말했다.

"나 아직 안 나가 봤는데?"

"아, 어…… 사령님은 제외하셔야 되지 않겠습니까? 일과만 끝나시면 평일 주말 상관없이 자유롭게 나가시지 않습니까."

"농담이야, 인마. 너 2중대지? 근데 넌 머리 어떻게 안 걸렸냐? 길이가 어째 말년 중위들보다 더 긴 것 같다?"

그 말에 박승철의 동공이 떨리기 시작했다.

개그 욕심에 괜히 한마디 했다가 참변을 당할 것 같다는 예감이 들어서였다.

"그, 그게……."

새끼, 쫄기는.

박승철의 떨리는 목소리에 대한이 말했다.

"쫄지 마, 인마. 자르라고 안 할 테니까 대답이나 한번 해 봐. 진짜 궁금해서 물어보는 거니까."

"저, 정말이십니까?"

"한 번만 더 물어보게 하면 내가 직접 밀어 버린다?"

"아닙니다! 바로 말씀드리겠습니다! 제가 실은 이번 달까지 이발병인데 일과 내내 장비 수리한답시고 구석에 짱 박혀 숨어 있었습니다."

"그래? 그렇담 인정해 줘야지. 의지 인정, 너 두발 검사 패스."

"감사합니닷!"

이발병이라.

마침 잘됐다.

대한의 목표물은 따로 있었으니까.

대한은 박승철의 머리 길이에 감탄하는 병사들을 유심히 살피던 끝에 한 병사를 가리켰다.

"너, 이리 나와 봐."

"저 말씀이십니까?"

"응, 저 말씀이십니까. 너랑 그 옆에도 같이."

대한의 갑작스러운 호출에 두 사람은 어리둥절한 표정을 지으며 앞으로 나왔다.

하지만 대한은 정확히 봤다.

좀 전에 두 사람이 입모양으로 '봤지'라고 하는 걸.

대한이 물었다.

"너네 둘, 아까 복도에서 무슨 이야기 했냐?"

복도라는 말에 두 사람이 흠칫 놀란 표정을 짓는다.

새끼들.

딱 걸렸어.

대한이 입꼬리를 올리자 두 사람은 황급히 모르쇠를 시전했다.

"아무 말도 안 했습니다."

"정말입니다."

"정말이야?"

"예, 그렇습니다."

그래 그래.

발뺌 한 번은 국룰이지.

어느 범죄자가 취조 한 번에 바로 자백할까?

그래서 직접 한번 확인해 보기로 했다.

"그럼 둘 다 '개꿀, 쏘가리' 한 번씩 해 봐."

"······예?"

"예에?"

"아, 아니 잘못 들었습니다?"

"아, 빨리 한번 해 봐. 내가 확인해 보고 싶은 게 있어서 그
래."

대한의 종용에 두 사람은 곤란하다는 듯 서로를 쳐다봤으나
이내 곧 대한의 명령에 따라······.

"개, 개꿀 쏘가리······."

"어허! 목소리가 작다, 다시!"

"개. 개꿀! 쏘가리!"

"그렇지."

······우렁차게 개꿀, 쏘가리를 외칠 수밖에 없었다.

대한은 두 사람의 목소리를 듣고 그제야 흡족한 표정으로 고
개를 끄덕이며 말했다.

"너희 맞네."

"다, 당직사령님! 그게 아니라!"

"아니야?"

도둑이 제발 저리다고. 두 사람은 그제야 변명을 늘어놓기 시작했다.

하지만 한번 뱉은 말은 주워 담을 수가 없는 법.

'개꿀인 것도 맞고 쏘가리인 것도 맞지만 내가 들으면 그건 못 참지.'

쯧쯧.

병사의 주적은 간부이거늘, 참으로 아마추어 같은 실수였다.

그러니 이제는 심판의 시간을 내려야 할 때.

대한이 말했다.

"그 아까, 너 이름이 뭐라고 했었지?"

"병장 박승철!"

"그래, 승철이. 너 이발병이라고 했었지? 얘들 머리가 굉장히 불량한데 군인답게 좀 깎아 줘라."

그 말에 박승철이 곤란하다는 표정을 지었다.

"아…… 그래도 다른 중대 아저씨들인데 제가 깎는 건 좀 그렇지 않겠습니까?"

"그럼 너도 같이 깎을래?"

"병장 박승철, 지금 바로 박승철 헤어살롱 개시해서 그 누구보다 군인답게 만들어 오겠습니다."

"그래, 박승철 헤어살롱 한 번 믿어 본다. 근데 만약 어설프게 깎아 오면 그땐 내가 직접 네 머리까지 같이 민다."

박승철은 경례까지 올리며 결의를 다졌고 대한은 이내 곧 명단에서 두 사람을 찾을 수 있었다. 근데 이 자식들…….

"……야, 너네들 둘 다 일병이었어?"

"예, 예… 그렇습니다……."

"몇 월 군번이야."

"4월 군번입니다……."

"나보다 군 생활도 짧게 한 것들이 감히 나한테 개꿀이니 쏘가리니 그런 말을 한 거야? 오늘 너희 중대만 TV연등 금지시켜서 지옥도 한번 만들어 줘?"

"아, 아닙니다!"

"죄송합니다!"

대한의 말에 덜덜 떨기 시작하는 일병들.

새끼들, 일병들 주제에 빠져 가지고…….

그 말에 박승철이 얼른 뒷말을 덧붙이며 히죽거렸다.

"아, 뭐야. 개짬찌 아저씨들이었네. 그럼 내가 마음 편하게 깎을 수가 있지. 끝나고 바로 오십쇼, 아주 예술적으로다가 깎아 드릴 텡게."

"대가리 깎자마자 바로 나한테 튀어와. 알겠어?"

"…예, 알겠습니다."

처형식은 이 정도면 충분했다.

대한은 두 사람을 자리로 돌려보낸 뒤 그제야 뒤늦게 몇 가지 당부를 했다.

"휴가자 교육은 내 말로 대신할 테니 다들 잘 들어. 늬들 군인이다. 밖에 나가서 사복 입고 머리에 뭘 처발라도 군인 같으니까 괜히 이상한 자신감으로 물 흐리지 말고 곱게 놀다 와라, 이상."

"고생하셨습니다!"

영상 교육이었으면 10분도 더 걸렸을 교육이 몇 마디 말로 순식간에 끝나는 순간이었다.

✳

그 시각 단 지휘 통제실.

이영훈은 작전사 상황 회의를 마무리하고 자리에서 일어나며 기지개를 켰다.

"으…… 괜히 소대장 근무 맞췄네. 시키는 게 왜 이렇게 많아."

테이블에 놓인 수첩에는 주말을 대비해 당직 근무자들에게 전달할 내용들이 빼곡하게 적혀 있었다.

이영훈은 수첩을 들고는 당직 부관 자리로 이동했다.

"회의 끝나셨습니까?"

"응, 여기."

"예?"

"정리 좀 해 주십쇼."

"아, 넵! 알겠습니다!"

자연스러운 짬 처리가 순식간에 이루어졌고 이영훈은 주머니 속 여분 담배를 확인한 뒤 지휘 통제실 근처 흡연장에서 담배를 피우며 생각했다.

'괜히 근무 선다고 했나.'

딱히 같이 근무 안 서 줘도 잘할 놈인데 괜히 오버했나 싶다. 그래서일까?

갑자기 심술이 솟았다.

이영훈은 담배를 피우다 말고 단 지통실에 전화를 걸었다.

"어, 나 당직사령인데 대대에 상황 하나 걸어라. 바로 걸 수 있는 걸로 아무거나."

그리고 얼마 뒤.

왜애애애앵!

지휘 통제실에서 다급하게 번개조 출동을 알리는 방송이 들려왔다.

병사들이 후다닥 위병소로 뛰어간다.

갑작스러운 번개조였지만 그래도 다들 얼굴에 안심하는 기색이 돌았다.

벌써부터 번개조를 출동시켰으니 또 부르지 않을 것이라 생각하며.

하지만 놀랍게도 이영훈은 그 후에 번개조를 한 번 더 출동시키며 대한을 괴롭혔고 점호 직전까지 정신없는 상태가 계속되었다.

"사령님, 슬 점호 올라가 보셔야 합니다."

"하, 그래. 벌써 시간이 그렇게 됐구나."

대한은 시계를 확인하고는 상벌점 체크리스트를 챙겨 지휘통제실을 벗어났다.

대한이 점호해야 하는 중대는 2층에 위치한 1중대와 본부중대.

3층에 있는 2중대와 지원중대는 당직사관이 점호를 실시했다. 2층으로 올라가자 중앙 계단을 중심으로 양쪽에 당직 부사관들이 서 있었고, 대한을 보자마자 뒤로 돌아 복도를 향해 외쳤다.

"부대 차렷!"

당직 부사관이 인원 보고를 하려고 하자 대한은 손을 휘저으며 말했다.

"됐어, 나 힘들다. 보고 생략하고 바로 시작하자."

"예. 알겠습니다!"

가뜩이나 번개조 출동 때문에 진이 빠졌기에 오래 서 있기가 싫었다.

대한은 바로 1생활관으로 들어갔고 1생활관에는 홀로 남은 연성목이 대한을 반겨 주었다.

"충성!"

"어, 성목아. 녹견도 없이 고생한다. 외롭진 않고?"

"아닙니다, 괜찮습니다!"

대한은 가볍게 손을 들어 경례를 받아 준 뒤 생활관 내부를 둘러보기 시작했다.

별로 볼 건 없었다.

사람이라고 연성목 하나뿐이었으니까.

대한은 침구류 정리 정돈 상태와 관물대 상태를 유심히 본 뒤 체크리스트를 펼쳤다.

"성목이 정리 깔끔하네. 상점 1점."

"감사합니다!"

"그래. 항상 깔끔하게 유지하고. 이번엔 얼굴 좀 보자."

연성목 얼굴에 남은 멍을 확인하기 위함이었다.

그런데 아직 광대 부근에 연한 멍 자국이 남아 있었고 멍을 발견하자마자 대한이 미간을 찌푸리며 말했다.

"얼마나 세게 쳤길래 아직도 멍 자국이 남아 있냐?"

"하하……."

대한의 말에 연성목이 어색하게 웃었다.

"약 필요하면 말해. 연고든 뭐든 줄 테니까."

"넵, 감사합니다!"

"그래, 수고해."

"충성!"

대한은 이어서 맞은편에 위치한 2생활관으로 들어갔고 그곳에는 박태현이 경례 준비를 하고 있었다.

"부대 차렷."

"됐어. 자, 본인이 관물대 정리 상태에 자신이 있다 거수."

대한의 헐렁한 태도에 놀라기도 잠시, 박태현은 재빨리 손을 들었다.

"병장 박태현! 자신 있습니다."

"오, 태현이? 보통 이런 건 병장들이 손 안 드는데 나 대우해 주는 거야?"

"하핫, 아닙니다!"

"뭐야. 그럼 대우도 안 해 주는 거야?"

"아, 그게……."

"농담이야. 근데 넌 검사할 필요도 없겠다. 군대는 자신감이라고 어련히 잘해 놨을까, 너도 상점 1점."

그 말에 나머지 인원들의 눈이 휘둥그레 커지며 너도 나도 손을 들기 시작했다.

하지만 기회는 왔을 때 잡아야 하는 법.

대한은 뒤늦게 손든 인원의 관물대는 그 누구보다도 깐깐하게 검사했다.

"너 인마, 자신 있다고 해 놓고 오와 열도 다 안 맞고 전투복은 왜 팔이 하나 내려와 있어? 벌점 1점."

"아, 소대장님. 그냥 손들었던 거 취소하면 안 됩니까?"

"괘씸해서 안 돼."

"아, 소대장니임!"

대한은 큭큭 웃으며 차례차례 나머지 생활관들을 돌았고 다들 월말이라 그런지 상점에 혈안이 된 모습들을 볼 수 있었다.

그래서 후하게 상점을 뿌려 줬다.

다른 당직사령, 사관들은 잘 안 뿌리는 게 상점이었으니까.

그렇게 즐겁게 점호를 마친 후 지휘 통제실로 다시 내려와 상황병에게 명령했다.

"바로 점호 방송해 줘."

"예, 알겠습니다."

대한의 말에 상황병이 마이크에 복무 신조를 말하기 시작했고 대한은 그제야 의자에 몸을 파묻고 휴식을 취할 수 있었다.

그 순간, 지휘 통제실의 전화가 울렸고 대한이 한숨을 한 번 내쉰 후 전화를 받았다.

"충성. 대대 당직사령 소위 김대한입니다."

"어, 나 단 사령인데. 상황 부여 좀 하려고."

아니, 이 양반이 진짜?

대체 왜 이러는 거야?

이영훈의 장난기 가득한 목소리에 대한이 우는 목소리로 말했다.

"하, 중대장님. 벌써 세 번째입니다. 그리고 이제 점호 끝났는데 또 상황 부여를 하시면…….."

"애들 개인 정비 시간인데 상황 부여하면 좀 그렇겠지? 근데 지금 상황이 발생했는데 어떡하냐. 나도 속상하다, 대한아."

"아니, 그건 중대장님이 만드신 가상의 상황……."

"에이 설마 가상일까, 연습은 실전처럼 몰라? 됐고, 지금 위병소 앞에 나타난 거수자가 초병들한테 돌 던지고 있다니까 실제로 상황 조치 후 보고할 것, 이상."

그리고 대한의 대꾸도 듣지 않은 채 전화를 끊어 버렸다.

"중대장님? 중대장……? 끊었어? 끊었다고? 하……."

미치겠네, 진짜.

장난도 적당히 해야지 이게 무슨 뇌절이람?

하지만 어쩌겠는가.

여긴 군대.

까라면 까야지.

대한은 한숨을 한 번 푹 내쉰 후 상황병에게 말했다.

"위병소로 번개조 출동시켜."

"……이상. 취침 후 30분, 기상 전 30분 유동…… 잘못 들었습니다?"

"상황 떨어졌다. 번개조 출동시켜."

"이제 점호 끝났는데 또 말씀이십니까?"

"그…… 마이크는 끄고 말하지 그러냐, 나도 미안해 죽겠으니까 일단 출동시켜."

"네, 알겠습니다."

왜애애애앵!

대한의 말에 상황병이 번개조 출동을 알렸고 약 10명이 넘는 번개조 인원들이 다 같이 소리를 질러대며 요란하게 출동하기 시작했다.

"아아아아악!"

"흐아아아아!"

"끼요오오오옷!"

슬슬 미안했다.

쉬다가 한 번, 씻다가 한 번, 그리고 점호 끝나자마자 또 한 번 출동이라니.

대한은 피로한 얼굴로 의자에 누워 잠시 고민하기 시작하더니 의미심장한 표정을 지었다.

'그래. 봐주는 것도 한두 번이지. 영훈아, 네가 시작한 전쟁이다.'

눈에는 눈, 이에는 이.

대한의 눈에 결연한 이채가 번들거리기 시작했다.

3번의 번개조 상황에 머리가 아픈 건 번개조뿐만이 아니었다. 위병사관 근무를 서고 있는 부사관, 하사 채창훈 또한 정신이 없었다.

"채 하사님. 또 번개조 상황입니다."

"또?"

"예, 하루에 3번 하는 건 처음이지 말입니다."

"아니, 왜 하필 내가 근무서는 날에 이러는 거야……."

채창훈은 툴툴거리며 풀어헤친 장구류를 다시 착용했다.

후방 부대라 상황 훈련이 비교적 여유로운 편이기에 웬만하면 불편한 장구류를 풀어 놓는 편인데 오늘 따라 참 유난이라는 생각이 들었다.

'이번 당직사령이 첫 근무라고 들었는데 설마 그것 때문에 일부러 빡세게 하는 건가?'

전혀 아니었다.

그저 심술이 나서 3번이나 발동시킨 것뿐.

채창훈은 대대 막사에서 뛰어 내려오는 병사들을 보며 시계를 확인했다. 그런 다음 마지막 병사까지 도착한 걸 확인한 뒤에야 위병조장에게 말했다.

"다 도착했다고 연락드려라."

"예, 알겠습니다."

명령을 받은 위병조장이 바로 대한에게 전화를 건다.

"바로 올려 보내시랍니다."

"그려."

올라가라는 말에 제일 먼저 도착한 옥지성이 숨을 헐떡이며 욕설을 내뱉기 시작했다.

"하아, 시발. 하아, 시발……."

한두 번도 아니고 벌써 세 번째 상황이니 욕이 나올 만도 했다. 그 모습에 채창훈이 웃으며 말했다.

　"야밤에 운동도 하고 좋겠다?"

　"후우…… 그럼 같이하시겠습니까?"

　"에이, 내가 어떻게 그러냐. 하고 싶지만 난 할 일이 있잖니?"

　옥지성은 채창훈의 낄낄거림을 뒤로 하며 번개조 인원들과 함께 다시 막사로 발걸음을 돌렸다. 그러다 입구에 서 있는 대한과 마주치자마자 바로 우는 소리를 했다.

　"소대장님!"

　"어, 그래. 번개조구나. 고생 많았다."

　"소대장님 진짜 너무하신 거 아닙니까? 벌써 세 번째입니다, 세 번째! 샤워도 다 했는데 흑흑……."

　"힘들지? 근데 이해해라. 나도 부여하고 싶어서 부여한 게 아니야. 아까 점호 때 봐서 알잖아? 난 너희들 귀찮은 건 절대로 안 시켜."

　"그럼 이 모든 게 다……?"

　"글쎄…… 난 잘 모르겠네? 근데 오늘 중대장님이 나 첫 근무라고 이따 밤에도 각오하라고 하셨던 것 같긴 한데……."

　대한이 빙그레 웃으며 말을 흘리자 번개조 인원들의 눈에 불꽃이 이글거리기 시작했다.

　특히 옥지성의 눈이 가장 뜨겁게 불타올랐다.

　대한이 물었다.

"혹시 이중에 오늘 불침번 서는 사람?"

"상병 옥지성, 둘번초입니다."

대한의 말에 옥지성 외에도 몇 명이 손을 들었다.

대한이 고개를 끄덕이며 말했다.

"너희들 오늘 각별히 조심해야겠다. 이따 중대장님 오실 수도 있는데 만약 경계 뚫리기라도 하면…… 알지?"

그 말에 옥지성이 두 눈을 빛내며 말했다.

"혹시 포박해도 됩니까?"

"위병소 근무도 아니고 불침번이 무슨 포박이냐? 포승줄도 없잖아."

"간부 연구실에 하나 있는 걸로 알고 있습니다."

"야, 아무리 그래도 우리 중대장님이신데 포박해서 쓰겠냐."

"야간은 어둡고 앞이 잘 안 보입니다. 암구호 모르면 다 적입니다."

"그것도 맞지."

"그럼 포승줄 좀 빌려 가겠습니다."

"네 뜻이 정 그렇다면야 뭐……."

사실 말릴 생각은 없었다.

대한이 이영훈에게 받은 만큼 되돌려 줄 수 있는 방법은 최대한 FM으로 모든 걸 준비하여 윗사람을 귀찮게 하는 것뿐이었으니까.

이윽고 병력들을 올려 보낸 뒤 지휘 통제실로 들어가자 상황병이 대한에게 조심스레 물었다.

"당직사령님? 혹시 라면 드시겠습니까?"

"너희끼리 먼저 먹어. 난 이따가 먹을게. 그리고 애들이 사온 것 중에 먹고 싶은 거 있음 알아서 꺼내 먹고."

"감사합니다. 그럼 라면 물만 좀 받아 오겠습니다."

"그래."

이제 급한 일들은 얼추 끝났다.

대한은 그제야 진짜 한숨 돌리기 위해 티비 앞으로 의자를 끌어와 채널을 조정하기 시작했다.

✳

23시 30분.

이영훈은 슬슬 대한에게 놀러 갈 준비를 했다.

이영훈의 양손은 몹시 무거운 상태였다.

세 번의 상황 부여에 대한 미안함과 더불어 아끼는 부하의 첫 당직을 축하해 주기 위해 살뜰히 피엑스를 털어 왔기 때문이다.

근데 갑자기 작전사에서 긴급회의를 열어 버린 탓에 23시 30분이 되어서야 회의가 끝났고 그제야 대대로 갈 준비를 할 수 있었던 것.

회의 내용 자체는 별로 중요한 것도 아니었다.

주둔지 경계를 철저히 하고 근무자들의 군기를 확립하라는 것.

후방이기 때문에 주둔지에 적이 쳐들어 올 일은 사실상 없었지만 들어 보니 술 취한 사람이 다른 부대에 출입해서 이 사달이 난 듯했다.

긴급회의가 끝나자 당직부관이 이영훈에게 말했다.

"고생하셨습니다."

"그래. 다른 대대에 주둔지 경계 철저, 근무자 군기 다시 확립하라고 전달해 줘."

"예, 알겠습니다. 식사하시겠습니까?"

"아니, 난 대대 가서 먹고 올 테니까 넌 애들이랑 알아서 먹어라."

"알겠습니다!"

"상황 생기면 나한테 바로 전화하고."

피엑스 봉지를 든 이영훈은 빠르게 대대로 향했다.

대대의 출입문은 총 4개.

이영훈은 그중 단과 가장 가까운 곳에 있는 출입문의 열쇠를 챙겨 놓은 상태였다.

달래 주러 가는 길이긴 했지만 그래도 지금은 근무 중, 방심하는 후배의 허를 찔러 주어야 하는 것이 선배의 참된 도리라고 생각했기 때문이다. 물론 주된 이유는 재밌을 것 같아서였지만.

그렇게 얼마 뒤, 입구에 도착한 이영훈은 조심스럽게 문을 당겨 보았다.

덜컥. 덜컥.

혹시나 했지만 역시 잘 잠겨 있다.

이영훈은 유리문 너머로 컴컴한 막사 안을 한번 살핀 후 아무도 없는 것을 확인하며 조용히 웃었다.

'정신없었을 텐데 할 건 다 해 놨구만.'

기특한 녀석 같으니, 역시 에이스야.

이영훈은 주머니에서 입구 키를 꺼내 조심스럽게 유리문을 연 뒤 막사로 침투했다.

복도는 어두웠다.

그때였다.

누군가 어둠 속에서 이영훈을 향해 소리쳤다.

"손들어!"

"으, 응?"

익숙한 목소리.

하나 행정반에서 나오는 빛 때문에 얼굴이 확인되지 않았다.

그래도 굉장히 익숙한 목소리였기에 이영훈은 당황한 감정을 지우고 말했다.

"쯧, 바로 걸렸네. 누구냐?"

"칠판!"

"뭐?"

"칠판!"

어둠 속에서 빛의 보호를 받으며 문어를 외치는 이.

다름 아닌 독기가 잔뜩 오른 옥지성이었다.

옥지성의 물음에 이영훈은 당황했다.

칠판이 오늘의 암구호 중 문어인 건 기억났지만 답어가 기억나지 않았기 때문이다.

'아, 씨. 뭐더라?'

하필 근무자 신고도 부관이 대신하는 바람에 암구호를 숙지하고 있지 않았다. 그래서 좀 부끄러웠지만 애써 태연한 척 손을 내저으며 말했다.

"야야, 됐어. 나 1중대장이다."

그러나 이영훈은 그래선 안 됐다.

이영훈의 말에 옥지성이 어둠 속에서 미소를 짓기 시작했고 이내 행정반에서 병사들이 걸어 나오더니 누군가 외쳤다.

"침입자다!"

"빨리 얼굴부터 가려!"

"포승줄 어딨어? 내가 묶는다!"

"어어? 야! 나! 1중대장!"

당황한 이영훈은 뒤늦게 손바닥을 펼쳐 보이며 병사들의 접근을 막았으나 이영훈의 얼굴에 순식간에 피엑스 봉지가 씌워졌다.

"야이, 미친놈들아! 나 1중대장이라고! 너희들 목소리 다 기억한다! 야!"

"야, 얼굴 못 보셨다. 빨리 묶어!"

병사들은 이영훈의 말 따윈 신경도 쓰지 않은 채 순식간에 포승줄과 케이블 타이로 포박을 마쳤다 버렸다.

"하, 씨이발……."

양 새끼손가락까지 케이블 타이로 묶인 이영훈이 한숨과 동시에 쌍욕을 읊조린다.

다음 권으로 이어집니다